Simenon-Kriminalromane

Georges Simenon

Maigret und sein Rivale

Kriminalroman

Wilhelm Heyne Verlag
München

SIMENON-KRIMINALROMANE
Band 57
Titel der Originalausgabe »L'inspecteur cadavare«

Deutsche Übersetzung von Hansjürgen Wille und
Barbara Klau

Die Simenon-Kriminalromane
erscheinen in der Heyne-Taschenbuchreihe
in Zusammenarbeit mit dem
Verlag Kiepenheuer & Witsch, Köln

4. Auflage

Genehmigte Taschenbuch-Ausgabe
Printed in Germany 1980
Umschlag: Leutsch design, München
Gesamtherstellung: Ebner Ulm

ISBN 3-453-12043-4

1

Maigret machte ein finsteres Gesicht, als er in den Gang hinaustrat, noch ehe der Zug sein Tempo verlangsamte, um in den Bahnhof einzufahren. Es war eine öde und ermüdende Reise gewesen, und da er allein im Abteil gewesen war, war ihm die Zeit besonders lang geworden.

Er blickte durch die Scheibe, an der dicke Regentropfen herunterliefen, und sah ein hellerleuchtetes Stellwerk. Tiefer unten gerade Straßen, Häuser, die alle wie ein Ei dem andern glichen, Fenster, Türen, Gehsteige und in dieser eintönigen Welt eine einzige menschliche Gestalt, die Gott weiß wohin ging. Dann stopfte er sich bedächtig und sorgfältig seine Pfeife. Um sie anzuzünden, stellte er sich in Fahrtrichtung. Vier oder fünf Reisende, die auch auf das Halten des Zuges warteten, standen hinten im Gang. Maigret erkannte ein bleiches Gesicht, das sich schnell abwandte.

Es war Cavre!

Die erste Reaktion des Kommissars war, zu murmeln: »Er tut so, als hätte er mich nicht gesehen, der Idiot!«

Aber dann runzelte er die Brauen. Wollte Inspektor Cavre etwa auch nach St.-Aubin-les-Marais?

Endlich hielt der Zug auf dem Bahnhof von Niort. Auf dem nassen, kalten Bahnsteig fragte Maigret einen Beamten: »Wann geht der Zug nach St. Aubin?«

»Acht Uhr siebenunddreißig, Gleis drei.«

Er hatte so noch eine halbe Stunde Zeit, und nachdem er einen Augenblick in der Toilette am Ende des Bahnsteigs verbracht hatte, ging er in den Wartesaal und setzte sich an einen der vielen leeren Tische.

Cavre saß genau am andern Ende des Raumes an einem gescheuerten Tisch, und er tat wieder so, als sähe er ihn nicht. Sein wirklicher Name war Justin Cavre, aber schon seit zwanzig Jahren trug er den Spitznamen

›Inspektor Cadavre‹, und bei der Kriminalpolizei sprach man immer nur unter diesem Namen von ihm.

Es war lächerlich, wie er sich in seiner Ecke krampfhaft bemühte, nicht zu Maigret hinzublicken. Er wußte, daß der Kommissar ihn bereits gesehen hatte. Dürr und bleich, mit roten Lidern glich er einem jener Schuljungen, die sich in der Pause abseits halten und unter ihrer mürrischen Maske nur schlecht verbergen, wie gern sie mit den anderen spielen würden.

Das paßte genau zu Cavres Charakter. Er war intelligent. Er war sogar wahrscheinlich der intelligenteste Mann, dem Maigret bei der Polizei je begegnet war. Sie waren ungefähr gleich alt. Und Cavre hätte mit seinem Wissen, wenn er sich hartnäckig darum bemüht hätte, vielleicht schon vor Maigret Kommissar werden können.

Warum schien er schon als blutjunger Mensch auf seinen mageren Schultern die Last irgendeines Fluchs zu tragen? Warum blickte er die ganze Welt mit scheelen Augen an, als verdächtige er jeden, ihm gegenüber üble Absichten zu hegen?

»Cadavre hat mal wieder seine komische Tour«, hieß es früher oft am Quai des Orfèvres.

Ohne jeden Grund versank er plötzlich in mißtrauisches Schweigen. Acht Tage lang sprach er mit niemandem ein Wort. Bisweilen ertappte man ihn dabei, daß er höhnisch vor sich hinkicherte, wie jemand, der hinter die dunklen Absichten seiner Umgebung gekommen ist.

Wenige Leute wußten, warum er plötzlich aus der Polizei ausgeschieden war. Maigret selber hatte es erst viel später erfahren, und er hatte Mitleid mit ihm gehabt. Cavre hatte sich bis über beide Ohren mit eifersüchtiger, zerstörender Leidenschaft in eine Frau verliebt. Aber was hatte er an diesem vulgären Geschöpf mit dem Benehmen einer Halbweltdame gefunden?

Jedenfalls hatte er ihretwegen in seiner Stellung schwerwiegende Unregelmäßigkeiten begangen. Man hatte häßliche Geldgeschichten aufgedeckt. Eines Abends war Cavre mit gesenktem Kopf aus dem Büro des Leiters der Kriminalpolizei gekommen, und ein paar Monate später hörte man dann, daß er in der Rue Drouot über einer Briefmarkenhandlung ein privates Detektivinstitut eröffnet hatte.

Maigret trank sein Bier aus, wischte sich den Mund ab, ergriff seinen Koffer und ging knapp zwei Meter entfernt an seinem ehemaligen Kollegen vorüber, während dieser auf den Boden starrte.

Der Bummelzug stand schon auf Gleis drei. Maigret setzte sich in der feuchten Kälte in das Abteil eines veralteten Wagens und versuchte vergeblich, das Fenster fest zu schließen.

Auf dem Bahnsteig liefen Leute hin und her. Zwei- oder dreimal öffnete sich die Tür, und ein Kopf wurde sichtbar. Jeder Reisende wollte ein leeres Abteil haben. Und beim Anblick Maigrets schlug man die Tür sofort wieder zu.

Als der Zug sich in Bewegung setzte, ging der Kommissar in den Gang, um ein Fenster hochzuziehen. Dabei sah er in dem Nachbarabteil Inspektor Cavre, der sich schlafend stellte.

Nun, wenn schon. Die ganze Geschichte war zu lächerlich. Konnte es ihm nicht gleichgültig sein, daß Cadavre ebenfalls nach St. Aubin fuhr?

Untersuchungsrichter Bréjon, dieser schüchterne Mann, der noch die Höflichkeit aus einem anderen Jahrhundert pflegte, hatte ihm immer wieder gesagt: »Mein Schwager Naud wird Sie am Bahnhof erwarten. Ich habe ihn von Ihrer Ankunft benachrichtigt.«

Dennoch konnte Maigret nicht umhin, sich immer wieder zu fragen, während er an seiner Pfeife zog: *Was will dieser Cadavre dort bloß?*

Der Kommissar fuhr nicht einmal in offiziellem Auftrag. Untersuchungsrichter Bréjon, mit dem er oft zusammengearbeitet hatte, hatte ihm ein paar Zeilen geschickt und ihn gebeten, so liebenswürdig zu sein und auf einen Augenblick zu ihm in sein Büro zu kommen. Es war Januar. In Paris regnete es, wie in Niort. Schon seit mehr als einer Woche regnete es unaufhörlich, und nicht ein einzigesmal war die Sonne durchgekommen. Die Lampe auf dem Schreibtisch des Untersuchungsrichters hatte einen grünen Schirm, und während Bréjon sprach, putzte er unaufhörlich seine Brille. Maigret dachte, daß auch er in seinem Büro einen grünen Lampenschirm hatte, daß aber der des Richters gerippt wie eine Melone war.

»Es ist mir sehr peinlich, Sie zu bemühen. Zumal, da es sich dabei nur um eine Gefälligkeit handelt. Setzen Sie sich bitte. Rauchen Sie eine Zigarre? Sie wissen vielleicht, daß meine Frau eine geborene Lecat ist? Nun, das spielt auch keine Rolle. Meine Schwester, Luise Bréjon, hat einen gewissen Naud geheiratet ...«

Es war schon spät. Die Leute, die von der Straße Licht hinter den Fenstern im Büro des Richters sahen, vermuteten gewiß, daß dort oben wichtige Probleme besprochen wurden. Aber während der Richter seine Geschichte erzählte, dachte Maigret immer wieder an den grünen Schirm in seinem Büro und daß ihm der hier viel besser gefiel. Er träumte davon, sich den gleichen zu besorgen.

»Sie verstehen die Situation. Es ist ein kleines Nest. Sie werden es selber sehen. Man ist dort tausend Meilen von allem entfernt. Eifersucht, Bosheit, Neid gedeihen dort nur allzu gut. Mein Schwager ist ein prächtiger, schlichter Mensch. Meine Nichte ist noch ein Kind. Wenn Sie bereit sind, dorthin zu fahren, werde ich für Sie einen Sonderurlaub von einer Woche beantragen, und wir werden Ihnen alle sehr dankbar sein.«

So hatte er sich also in das blöde Abenteuer hineinziehen lassen.

Was hatte der Richter ihm eigentlich erzählt? Er war

provinziell geblieben, und wie alle Menschen aus der Provinz erzählte er gern Familiengeschichten.

Seine Schwester Luise Bréjon hatte also Etienne Naud geheiratet.

»Er ist der Sohn von Sebastian Naud«, hatte der Richter hinzugefügt, als müßte die ganze Welt diesen Mann kennen.

Aber Sebastian Naud war weiter nichts als ein reicher Viehhändler in St. Aubin, einem gottverlassenen Dorf in der Vendée.

»Etienne Naud ist durch seine Mutter mit den besten Familien der Gegend verwandt.«

Na und?

»Ihr Haus steht einen Kilometer von dem Dorf entfernt dicht an der Eisenbahnlinie, die von Niort nach Fontenay-le-Comte führt. Vor etwa drei Wochen nun ist ein junger Mann aus dem Ort, der übrigens zumindest von mütterlicher Seite – die Mutter ist eine Pelcau – aus guter Familie stammt, am Bahndamm tot aufgefunden worden. Im ersten Augenblick haben alle an einen Unfall geglaubt, und ich glaube noch daran. Aber es sind dann allerlei Gerüchte entstanden. Man hat anonyme Briefe geschrieben. Kurz, mein Schwager ist jetzt in einer furchtbaren Lage, denn man beschuldigt ihn fast offen, den jungen Mann getötet zu haben. Er hat mir darüber einen ziemlich unklaren Brief geschrieben. Ich habe mich daraufhin an den Staatsanwalt in Fontenay-le-Comte gewandt und ihn gebeten, mir Genaueres mitzuteilen. Zu meiner Überraschung hat er mir geantwortet, die Beschuldigungen wären sehr ernst, und es würde zweifellos unvermeidlich sein, eine Voruntersuchung zu eröffnen. Ja, und darum habe ich mir erlaubt, mein lieber Kommissar, Sie als Freund zu mir zu bitten . . .«

Der Zug hielt an. Maigret wischte die beschlagene Scheibe ab und sah nur ein winziges Gebäude, ein Stück Bahnsteig, eine einzige Lampe und einen einzigen Beamten, der am Zug entlanglief und schon pfiff. Eine Tür schlug zu, und der Zug fuhr wieder weiter. Aber es war nicht die Tür des Nebenabteils. Inspektor Cadavre saß immer noch darin.

Hier und dort, näher oder ferner ein Bauernhof, und wenn man einen Lichtschein sah, spiegelte sich dieser immer in einer Wasserfläche, als führe der Zug an einem See entlang.

»Saint Aubin!«

Er stieg aus. Es waren drei Leute, die ausstiegen. Eine uralte Frau mit einem schwarzen Korb, der sie sehr behinderte, Cavre und Maigret. Mitten auf dem Bahnsteig stand ein sehr großer und breiter Mann in einer Lederjacke und Ledergamaschen, der nicht recht zu wissen schien, an wen er sich wenden sollte. Es war offensichtlich Naud. Sein Schwager hatte ihm die Ankunft des Kommissars mitgeteilt. Aber welcher von den beiden Männern, die aus dem Zug ausgestiegen waren, war Maigret?

Er ging zuerst auf den dürren zu. Schon griff er nach seinem Hut und öffnete den Mund halb zu einer Frage. Aber Cavre ging verächtlich weiter. Seine Haltung schien zu sagen: *Ich bin es nicht. Es ist der andere.*

Darauf wandte sich der Schwager des Untersuchungsrichters an Maigret: »Sind Sie wohl Kommissar Maigret? Entschuldigen Sie, daß ich Sie nicht sofort erkannt habe. Ihr Bild ist so oft in den Zeitungen erschienen, aber in unserem kleinen Nest, wissen Sie . . .«

Er hatte sofort Maigret den Koffer abgenommen, und als der Kommissar in seiner Tasche seine Fahrkarte suchte, sagte er: »Die brauchen Sie hier nicht.«

Und zu dem Bahnhofsvorsteher gewandt: »Guten Abend, Pierre.«

Es regnete immer noch. Vor dem Bahnhof stand ein Einspänner.

»Steigen Sie bitte ein. Bei diesem Wetter ist die Straße für Autos kaum befahrbar.«

Wo war Cavre?

Maigret hatte ihn im Dunkeln verschwinden sehen. Zu spät kam ihm der Gedanke, ihm nachzugehen. Aber hätte es vor seinem Gastgeber nicht lächerlich gewirkt, wenn er ihn gleich nach seiner Ankunft stehenließ, um einem anderen Reisenden nachzueilen?

Man sah kein Dorf. Nur eine Laterne ragte hundert Meter vom Bahnhof entfernt, wo wahrscheinlich eine Straße begann, zwischen Bäumen auf.

»Breiten Sie die Decke über Ihre Beine. Ihre Knie werden allerdings feucht werden, denn wir fahren gegen den Wind. Mein Schwager hat mir einen langen Brief über Sie geschrieben. Es ist mir äußerst peinlich, daß er einen Mann wie Sie in einer so unwichtigen Affäre bemüht hat. Sie ahnen ja nicht, wie die Leute auf dem Lande sind.«

Die Räder des Wagens drangen tief in den schwarzen Schmutz eines Weges ein, der parallel zu den Bahngleisen verlief. Auf der anderen Seite beleuchteten Laternen einen Kanal. Plötzlich tauchte eine Gestalt aus dem Nichts auf, ein Mann, der sich die Jacke über den Kopf gezogen hatte und dem Wagen auswich.

»Guten Abend, Fabien!« rief Etienne Naud. Er schien hier jeden zu kennen. Er war sozusagen der Herr des Dorfes, der jeden mit dem Vornamen anredet.

Aber wo, zum Teufel, war Cavre? Ohne es zu wollen, mußte Maigret unentwegt an ihn denken.

»Gibt es ein Hotel in Saint Aubin?« fragte er.

Naud lachte.

»Sie wohnen natürlich bei uns. Wir haben genügend Platz im Haus. Ihr Zimmer ist bereits fertig. Wir haben das Abendessen um eine Stunde verschoben; Sie haben wahrscheinlich unterwegs nichts gegessen. Ich hoffe jedenfalls, Sie sind nicht auf die Idee gekommen, im

Wartesaal in Niort zu essen. Ich möchte Ihnen freilich gleich sagen, daß wir gar keine Umstände machen ...«

Maigret war das herzlich gleichgültig. Ihn interessierte nur Cavre.

»Ich möchte wissen, ob der andere, der mit mir ausgestiegen ist ...«

»Ich kenne ihn nicht«, unterbrach ihn Etienne Naud.

Warum sagte er das? Maigret hatte ihn nicht danach gefragt.

»Ich möchte wissen, ob er eine Unterkunft gefunden hat.«

»Aber ich bitte Sie! Ich weiß nicht, wie mein Schwager Ihnen unseren Ort beschrieben hat. Seit er in Paris ist, scheint Saint Aubin für ihn ein winziges Dorf geworden zu sein. Aber es ist fast eine kleine Stadt, Herr Kommissar. Sie haben noch nichts davon gesehen. Ausgezeichnete Gasthöfe – den ›Goldenen Löwen‹, der dem alten Taponnier gehört, dem alten François, wie ihn alle nennen, und genau gegenüber die ›Drei Mohren‹ ... Ach, jetzt sind wir schon fast da. Das Licht, das Sie dort sehen ... Ja – das ist unsere bescheidene Hütte.«

Natürlich merkte man schon am Ton, in dem er das sagte, daß es ein großes Haus war. Und so war es auch. Im Erdgeschoß sah man vier erleuchtete Fenster, und auf der Fassade funkelte wie ein Stern eine elektrische Lampe.

Schon ergriff ein Stallbursche die Zügel des Pferdes, die Haustür öffnete sich, und ein Mädchen kam auf den Wagen zu und bemächtigte sich Maigrets Gepäck.

»Da wären wir also. Sie sehen, es ist kein weiter Weg. Als dieses Haus erbaut wurde, hat man leider nicht vorausgesehen, daß eines Tages die Bahngleise fast unmittelbar vor unseren Fenstern entlanglaufen würden. Man gewöhnt sich zwar daran, zumal nur sehr wenige Züge vorüberfahren, aber ... Treten Sie bitte ein! Legen Sie ab!«

Genau in diesem Augenblick dachte Maigret: *Er hat die ganze Zeit gesprochen.*

Der Flur war breit und hatte einen Boden aus grauen Fliesen. Die Wände waren bis in Mannshöhe dunkel getäfelt. An der Decke hing eine bunte Laterne. Eine breite Eichentreppe mit rotem Läufer führte in den oberen Stock, und ihr geschnitztes Geländer war blank gewachst. Wachsgeruch und Essensdüfte füllten das Haus, und außerdem war da noch ein schwacher süßsaurer Geruch, der typische Geruch des Landes, wie Maigret glaubte.

Aber am meisten fiel ihm die Stille auf, eine Totenstille geradezu. Man spürte, daß in diesem Haus die Möbel und Dinge seit Generationen an ihrem Platz standen und daß die Menschen in allem, was sie taten, festen Regeln gehorchten. Unvorhergesehene Zwischenfälle gab es hier nicht.

»Möchten Sie, ehe wir uns zu Tisch setzen, für einen Augenblick in Ihr Zimmer hinaufgehen? Wir sind ganz unter uns, und wie ich Ihnen schon gesagt habe, wir machen keine Umstände.«

Der Hausherr stieß eine Tür auf, und in dem behaglichen Salon erhoben sich zwei Personen.

»Darf ich dir Maigret vorstellen? Kommissar Maigret – meine Frau.«

Sie hatte die gleiche liebenswürdige, leutselige Art wie Untersuchungsrichter Bréjon, aber einen Augenblick lang glaubte Maigret etwas Härteres, Kühleres in ihrem Blick zu spüren.

»Es tut mir leid, daß mein Bruder Sie bei einem solchen Wetter herbemüht hat.«

Als ob der Regen an dieser Reise etwas geändert hätte!

»Darf ich Ihnen einen Freund des Hauses vorstellen, Herr Kommissar, Alban Groult-Cotelle? Mein Schwager hat ihn gewiß schon erwähnt.«

Hatte der Richter es getan? Vielleicht. Aber Maigret war ganz in den Anblick des gerippten Lampenschirms vertieft gewesen.

»Sehr erfreut, Herr Kommissar. Ich bin einer Ihrer größten Bewunderer.«

Maigret hätte ihm am liebsten geantwortet: *Ich nicht der Ihre.*

Männer dieser Art waren ihm zuwider.

»Gießt du uns einen Portwein ein, Luise?«

Er stand schon auf dem Salontisch. Das Licht war gedämpft. Die Sessel waren antik, und auch die Farben der Teppiche waren gedämpft oder verblichen. Im Kamin, vor dem eine Katze ausgestreckt lag, brannten Scheite.

»Nehmen Sie bitte Platz. Herr Groult-Cotelle wird mit uns zu Abend essen.«

Jedesmal, wenn man seinen Namen aussprach, verbeugte sich Groult-Cotelle affektiert, als machte es ihm besondere Freude, sich unter kleinen Leuten besonders förmlich zu benehmen.

»Man ist so freundlich, mich alten Einsiedler hier oft zu Gast zu laden.«

Einsiedler bestimmt, sicherlich auch Junggeselle. Man spürte das.

Es ärgerte ihn gewiß, daß er nicht Graf oder Marquis war, ja nicht einmal ein adeliges ›von‹ besaß. Aber er hatte wenigstens den ausgefallenen Vornamen Alban, den er nur allzugern hörte.

Er war in den Vierzigern, hochgewachsen und mager, von einer Magerkeit, die er bestimmt für aristokratisch hielt. Er war elegant angezogen, wirkte aber ein wenig verstaubt, wodurch sich verriet, daß er keine Frau hatte. Maigret sollte ihn noch oft in der gleichen grünen Jacke sehen, ganz der Landjunker, mit der gleichen Hufeisen-Schlipsnadel, die in einer weißen Pikeekrawatte steckte.

»Hat Sie die Reise nicht zu sehr ermüdet, Herr Kommissar?« fragte Luise Bréjon, während sie ihm ein Glas Portwein reichte.

Und er, der so behaglich zurückgelehnt in seinem Sessel saß, daß die Dame des Hauses fürchten mußte, ihn unter seinem Gewicht zusammenbrechen zu sehen, stand im Bann so verschiedener Eindrücke, daß er dadurch wie betäubt war und seinen Gastgebern sicherlich nur wenig intelligent erschien.

Das war zunächst das Haus, dieses Haus, das genau dem entsprach, von dem er so oft geträumt hatte. Die Porträts erinnerten ihn an die lange Geschichte des Untersuchungsrichters über die Nauds, die Bréjons, die La Noues, denn die Bréjons waren durch ihre Mutter mit den La Noues verwandt. Die Küchendüfte verrieten eine gepflegte Küche. Das Klirren von Porzellan und Glas ließ darauf schließen, daß in dem nebenan liegenden Eßzimmer der Tisch sorgfältig gedeckt wurde. Im Stall rieb der Stallbursche jetzt gewiß die Stute mit Stroh ab, und zwei lange Reihen rotbrauner Kühe fraßen an ihren Krippen.

Es herrschten hier Ordnung und göttlicher Friede. Die Familie führte ein tugendhaftes Leben und hatte zugleich all die Absonderlichkeiten einfacher Menschen, die zurückgezogen leben.

Etienne Naud sah Maigret unverwandt an, als wollte er sagen: *Sehen Sie, so bin ich. Offen und gutmütig.*

Der gutmütige Riese, der gutmütige Herr, der gutmütige Familienvater. Der Mann, der von seinem Wagen aus »Guten Abend, Pierre«, »Guten Abend, Fabien« rief.

Seine Frau lächelte schüchtern im Schatten dieses riesigen Mannes, als wollte sie sich dafür entschuldigen, daß er soviel Platz einnahm.

»Gestatten Sie einen Augenblick, Herr Kommissar?«

Aber natürlich. Er war schon darauf gefaßt. Die vorbildliche Hausfrau, die einen letzten Blick auf die Vorbereitungen des Abendessens werfen will.

Alban Groult-Cotelles Blick schien zu sagen: »*Sie*

sehen, es sind brave Leute, die besten Nachbarn, die man sich wünschen kann. Man darf zwar nicht mit ihnen über philosophische Probleme reden, aber abgesehen davon ist man bei ihnen sehr gut aufgehoben, und Sie werden feststellen, daß der Burgunder nicht vermanscht und der Cognac vorzüglich ist.«

Bald darauf erschien das Mädchen und sagte: »Es ist angerichtet.«

»Nehmen Sie bitte rechts von mir Platz, Herr Kommissar«, sagte Luise.

Man spürte nicht die geringste Beklommenheit, und dabei war Richter Bréjon, als er Maigret in sein Büro kommen ließ, ziemlich besorgt gewesen.

»Wissen Sie«, hatte er gesagt, »ich kenne meinen Schwager, wie ich meine Schwester und meine Nichte kenne. Dennoch nimmt diese scheußliche Beschuldigung von Tag zu Tag mehr Gestalt an, so daß sich die Staatsanwaltschaft damit befassen muß. Mein Vater ist vierzig Jahre lang Notar in Saint Aubin gewesen, wie es vorher sein Vater war. Man wird Ihnen mitten im Dorf mein Elternhaus zeigen.

Ich frage mich, wie ein so blinder Haß in so kurzer Zeit entstehen und das Leben unschuldiger Menschen unerträglich machen kann ... Meine Schwester hat nie eine sehr starke Konstitution gehabt. Sie ist sehr nervös, schläft schlecht und reagiert überempfindlich auf die geringsten Widerwärtigkeiten.«

Von all dem spürte man hier nichts. Maigret glaubte sich nur zu einem guten Essen eingeladen, dem dann eine Partie Bridge folgen würde.

Aber warum war die Tochter nicht da?

»Meine Nichte Geneviève«, hatte der Richter gesagt, »ist ein junges Mädchen, wie es sie nur noch in Romanen gibt.« Der Verfasser oder die Verfasser der anonymen Briefe und die meisten Leute in dem Ort schienen darin anderer Meinung zu sein, denn letztlich beschuldigte man sie.

Für Maigret war die ganze Geschichte noch recht verworren, aber sie paßte genau zu dem, was er vor Augen hatte. Nach den Gerüchten, die umgingen, war der auf dem Bahndamm gefundene Tote, Albert Retailleau, Geneviève Nauds Liebhaber gewesen. Man behauptete, daß er sie zwei- oder dreimal in der Woche nachts in ihrem Schlafzimmer aufgesucht hatte. Er war ein mittelloser junger Mann und kaum zwanzig Jahre alt. Sein Vater, ein Arbeiter in der Molkerei von St. Aubin, war bei einer Kesselexplosion ums Leben gekommen. Seine Mutter lebte von einer Rente, die sie von der Molkerei erhielt.

»Albert Retailleau hat sich nicht das Leben genommen«, versicherten seine Kameraden, »dafür war er zu lebensfroh. Und er war auch nicht so dumm, selbst wenn er betrunken gewesen ist, wie man es behauptet, die Schienen in dem Augenblick zu überqueren, als ein Zug vorüberfuhr.«

Die Leiche war etwa fünfhundert Meter von dem Haus der Nauds entfernt gefunden worden.

Ja, aber man behauptete jetzt, daß man die Mütze des jungen Mannes im Schilf am Kanal und viel näher am Haus der Nauds gefunden hatte.

Es gab da eine noch undurchsichtigere Geschichte. Eine Woche nach dem Tode ihres Sohnes war jemand zu der Mutter gekommen und hatte gesehen, wie sie hastig ein ganzes Bündel Tausendfrancscheine versteckte. Man hatte nie gewußt, daß sie ein solches Vermögen besaß.

»Es ist schade, Herr Kommissar, daß Sie zum erstenmal mitten im Winter hergekommen sind. Im Sommer ist es hier so schön, daß manche von einem ›grünen Venedig‹ sprechen. Sie nehmen doch sicherlich noch etwas Poularde?«

Und Cavre? Was wollte Inspektor Cadavre in St. Aubin?

Man aß zuviel, man trank zuviel, und es war zu heiß. Ein wenig schläfrig kehrte man wieder in den Salon zurück, in dem noch immer das Kaminfeuer knisterte.

»Ich weiß zwar, Sie haben eine besondere Vorliebe für Ihre Pfeife, aber Sie müssen unbedingt eine meiner Zigarren probieren.«

Versuchten sie, ihn einzuwickeln? Der Gedanke war lächerlich. Brave Leute, nichts weiter. Der Richter in Paris hatte die Sache gewiß übertrieben. Und Alban Groult-Cotelle war nur ein gespreizter Dummkopf, einer dieser Schmarotzer, wie man sie überall in der Provinz trifft.

»Sie sind sicherlich von der Reise müde. Wenn Sie schlafen gehen möchten . . .«

Das bedeutete, daß man an diesem Abend nicht von der Affäre sprechen würde. Vielleicht, weil Groult-Cotelle anwesend war, vielleicht, weil Naud es vorzog, nichts davon vor seiner Frau zu sagen.

»Trinken Sie abends Kaffee? Nein? Auch keinen Tee? Entschuldigen Sie mich bitte, ich muß jetzt hinaufgehen; unsere Tochter ist seit zwei, drei Tagen unpäßlich. Ich muß sehen, ob sie etwas braucht. Junge Mädchen sind immer ein wenig anfällig, zumal bei unserem Klima.«

Die drei Männer rauchen. Man spricht von allem möglichen, sogar von der lokalen Politik. Seit kurzem gibt es hier einen neuen Bürgermeister, gegen den die Mehrheit der Bevölkerung opponiert.

»Nun, meine Herren«, murmelt Maigret schließlich süßsauer, »wenn Sie erlauben, werde ich jetzt schlafen gehen.«

Man steigt die Treppe hinauf. Maigrets Zimmer befindet sich hinten im Flur und hat eine gelbe Tapete, ein Zimmer, das ihn an seine Kindheit erinnert.

»Brauchen Sie noch etwas? Ach, ich hätte fast vergessen, Ihnen das Örtchen zu zeigen.«

Maigret drückt den beiden die Hand, dann zieht er sich aus und legt sich ins Bett. Er hört Geräusche im Haus. Wie aus weiter Ferne vernimmt er im Halbschlaf Stimmengemurmel. Aber bald verstummt es.

Er schläft. Er glaubt wenigstens, zu schlafen. Hundertmal sieht er wieder Cavres düsteres Gesicht vor sich. Dann träumt er, daß das Mädchen mit den roten Bäckchen, das bei Tisch serviert hat, ihm sein Frühstück bringt.

Die Tür hat sich halb geöffnet. Er ist sicher, daß sie sich geöffnet hat. Er setzt sich auf, tastet nach dem Lichtschalter über seinem Bett und macht Licht.

Und da sieht er ein junges Mädchen vor sich, das einen dunkelbraunen Wollmantel über sein Nachtgewand gezogen hat.

»Pst«, haucht sie. »Ich muß Sie sprechen. Machen Sie keinen Lärm.«

Und wie eine Schlafwandlerin setzt sie sich auf einen Stuhl und starrt vor sich hin.

2

Eine erschöpfende und dennoch köstliche Nacht. Maigret hatte geschlafen, ohne zu schlafen. Er hatte geträumt, ohne zu träumen, das heißt, er war sich bewußt, daß er träumte, und er hatte die Träume absichtlich ausgedehnt und dabei wirkliche Geräusche vernommen. Zum Beispiel das Scharren der Stute im Stall war wirklich, aber den Stall, die Krippe des Tieres, die Raufe, in der noch Heu war, und auch den Hof, auf den der Regen immer noch fiel und wo man durch schwarze Lachen watete – all das hatte er nur im Traum gesehen.

Er wußte, er lag in seinem Bett, und er genoß die wohlige Wärme. Zugleich aber war er im ganzen Haus, vielleicht war er sogar in seinem Traum eine Weile selber das Haus.

Um vier Uhr morgens hörte er die Schritte eines Stallburschen, der über den Hof ging und einen Riegel zurückschob. Aber hatte er nicht auch gesehen, wie der Mann im Licht einer Sturmlaterne auf einem Dreifuß saß und eine Kuh melkte?

Er mußte wieder fest eingeschlafen sein, denn er fuhr auf, als er die Wasserspülung hörte. Und er hatte sogar Angst, so jäh und laut war dieses Geräusch. Aber gleich darauf begann er wieder das gleiche Spiel: Er stellte sich den Hausherrn vor, wie er mit herunterhängenden Hosenträgern leise aus der Toilette in sein Schlafzimmer ging. Madame Naud schlief der Wand zugekehrt oder stellte sich schlafend. Etienne Naud hatte nur die kleine Lampe über dem Waschtisch angeknipst. Er rasierte sich. Seine Finger waren von dem eisigen Wasser ganz steif. Seine Haut glänzte rosig.

Dann setzte er sich in einen Sessel, um seine Stiefel anzuziehen. Als er gerade das Zimmer verlassen wollte, flüsterte seine Frau etwas.

Was sagte sie ihm?

Er beugte sich über sie und antwortete ihr leise, dann schloß er ebenso leise die Tür und ging auf Zehenspitzen die Treppe hinunter, und da sprang Maigret, der genug von dieser unheimlichen Nacht hatte, mit einem Satz aus seinem Bett und machte Licht.

Seine Uhr, die er auf den Nachttisch gelegt hatte, zeigte halb sechs. Er spitzte die Ohren und hatte das Gefühl, daß es aufgehört hatte zu regnen. In jedem Fall aber mußte der Regen feiner und leiser geworden sein.

Gewiß, er hatte am Abend zuvor reichlich gegessen und eine ganze Menge getrunken, aber er hatte nicht unmäßig getrunken. Und dennoch hatte er am Morgen einen Brummschädel. Während er verschiedene Toilettengegenstände aus seinem Necessaire nahm, blickte er mit großen Augen auf sein zerwühltes Bett und vor allem auf den Stuhl, der daneben stand.

Er war sicher, er hatte das nicht geträumt: Geneviève war dagewesen. Sie war, ohne anzuklopfen, hereingekommen. Sie hatte sich auf diesen Stuhl gesetzt, sehr aufrecht, ohne sich anzulehnen. Im ersten Augenblick hatte er geglaubt, sie sei verlegen. In Wirklichkeit aber war er der Verlegenere von beiden. Noch nie hatte er sich in einer so peinlichen Situation befunden. Er lag im Nachthemd im Bett, während ein junges Mädchen danebensaß, um ihm ein Geständnis zu machen.

Er hatte etwas gemurmelt wie: »Drehen Sie sich bitte einen Augenblick um, damit ich aufstehen und meinen Morgenrock anziehen kann.«

»Das ist nicht nötig. Ich will Ihnen nur sagen, daß ich von Albert Retailleau ein Kind erwarte. Wenn mein Vater es erfährt, bringe ich mich um.«

Er hatte nicht einmal ihr Gesicht sehen können. Sie schien einen Augenblick darauf zu warten, wie er auf ihre Worte reagieren würde. Aber dann stand sie auf, horchte, und im Augenblick, als sie das Zimmer verließ, fügte sie hinzu: »Tun Sie, was Sie wollen. Ich gebe mich ganz in Ihre Hand.«

Noch jetzt fiel es ihm schwer zu glauben, daß er diese Szene wirklich erlebt hatte, in der er nach seinem Empfinden eine demütigende Rolle gespielt hatte. Er war nicht sonderlich eitel, und dennoch schämte er sich, von einem jungen Mädchen im Bett überrascht worden zu sein. Aber das Ärgerlichste war, daß sie ihn kaum eines Blickes gewürdigt hatte. Sie hatte ihn nicht angefleht, wie man hätte erwarten können, sie hatte sich ihm nicht vor die Füße geworfen, hatte nicht geweint.

Er sah ihr regelmäßiges Gesicht, das dem ihres Vaters ein wenig ähnelte, wieder vor sich. Er hätte nicht sagen können, ob sie schön war. Aber es war ihm aufgefallen, daß sie trotz ihres wahnwitzigen Unterfangens völlig Herr ihrer selbst geblieben war.

»Ich erwarte von Albert Retailleau ein Kind. Wenn mein Vater es erfährt, bringe ich mich um.«

Maigret zog sich fertig an, steckte sich mechanisch seine erste Pfeife an, öffnete die Tür und tastete sich durch den dunklen Flur, da er den Lichtschalter nicht fand. Dann ging er die Treppe hinunter, sah unten nirgends Licht, hörte aber, wie man in einem Ofen stocherte. Er ging diesem Geräusch nach.

Ein gelblicher Lichtschein sickerte unter einer Tür hindurch, und nachdem er leise angeklopft hatte, trat er ein.

Es war die Küche. Etienne Naud saß dort mit aufgestemmten Ellenbogen am Tisch und aß einen Teller Suppe, während eine alte Köchin in blauer Schürze glimmende Asche aus ihrem Herd regnen ließ. Naud war unangenehm überrascht – Maigret sah es ihm deutlich an –, weil man ihn hier in der Küche wie einen Bauern frühstücken sah.

»Schon auf, Herr Kommissar? Wie Sie sehen, habe ich die alten ländlichen Gewohnheiten beibehalten. Auch wenn ich spät schlafen gehe, stehe ich immer um fünf Uhr morgens auf. Ich habe Sie doch nicht etwa geweckt?«

Was hatte es für einen Sinn, ihm zu sagen, daß die Wasserspülung ihn geweckt hatte?

»Ich biete Ihnen keine Suppe an. Ich vermute . . .«

»Im Gegenteil!«

»Leontine!«

»Ja, Herr Naud, ich habe verstanden. Sofort!«

»Haben Sie gut geschlafen?«

»Ziemlich gut. Dennoch glaubte ich einmal, Schritte im Flur zu hören.«

Maigret sagte das, um zu erfahren, ob Naud seine Tochter ertappt hatte, aber das Erstaunen seines Gastgebers schien ehrlich zu sein.

»Um welche Zeit? Ich habe nichts gehört. Allerdings, wenn ich erst einmal eingeschlafen bin, dann bedarf es schon eines lauten Gepolters, damit ich erwache. Sicherlich ist unser Freund Alban auf die Toilette gegangen. Was halten Sie übrigens von ihm? Sympathisch, nicht wahr? Viel gebildeter, als er sich gibt. Es ist einfach unglaublich, wie viele Bücher er liest. Er weiß alles. Schade nur, daß er mit seiner Frau nicht mehr Glück gehabt hat.«

»Ist er verheiratet gewesen?«

Maigret, der fand, daß Groult-Cotelle genau der Typ des Provinzjunggesellen war, wurde argwöhnisch, als hätte man ihm etwas verborgen, als hätte man versucht, ihn hinters Licht zu führen.

»Er ist es nicht nur gewesen, er ist es noch. Er hat zwei Kinder, einen Jungen und ein Mädchen. Das ältere muß zwölf oder dreizehn Jahre alt sein.«

»Lebt seine Frau mit ihm zusammen?«

»Nein. Sie lebt an der Côte d'Azur. Es ist eine ziemlich peinliche Geschichte, von der man hier im Ort nie spricht. Die Frau stammt aus einer ausgezeichneten Familie. Sie ist eine Deharme ... Ja, wie der General. Sie ist seine Nichte. Eine etwas exzentrische junge Frau, die nicht begreifen konnte, daß sie nicht in Paris, sondern in Saint Aubin lebte. Es hat einige Skandale gegeben. Eines Tages ist sie nach Nizza gefahren, und von dort ist sie nie zurückgekommen. Sie lebt dort mit ihren Kindern. Natürlich hat sie auch einen ...«

»Hat ihr Mann nicht die Scheidung verlangt?«

»So etwas tut man hier nicht.«

»Sind sie beide vermögend?«

Etienne Naud blickte ihn vorwurfsvoll an. Er hätte es wohl vorgezogen, sich darüber nicht genauer auszulassen.

»Sie ist bestimmt sehr reich.«

Die Köchin hatte sich hingesetzt, um in einer altmodischen Mühle Kaffee zu mahlen.

»Sie haben Glück: der Regen hat aufgehört. Aber mein Schwager, der Richter, der doch von hier stammt und die Gegend kennt, hätte Ihnen den Rat geben sollen, hohe Stiefel mitzunehmen. Wir leben hier mitten im Sumpf. Um einige meiner Höfe zu erreichen, muß ich im Sommer wie im Winter ein Boot benutzen. Übrigens, um noch einmal auf meinen Schwager zurückzukommen, es ist mir peinlich, daß er es gewagt hat, einen Mann wie Sie zu bitten . . .«

Die Frage, die Maigret seit dem Abend zuvor in seinem Kopf wälzte, war folgende: Befand er sich bei anständigen Menschen, die nichts zu verbergen hatten und den Gast, den man ihnen aus Paris geschickt hatte, so zuvorkommend wie nur möglich behandelten? Oder war er der Unerwünschte, den Untersuchungsrichter Bréjon Leuten aufgezwungen hatte, die ihn nur allzugern wieder losgeworden wären?

Ihm kam der Gedanke, ein Experiment zu machen.

»Auf dem Bahnhof in Saint Aubin steigen wohl nur wenige Menschen aus«, bemerkte er, während er seine Suppe aß. »Gestern waren wir nur drei: zwei Männer und eine alte Frau.«

»Das stimmt.«

»Ist der, der mit mir ausgestiegen ist, aus dem Ort?«

Etienne zögerte. Warum?

Da Maigret ihn allzu aufmerksam anblickte, schämte er sich seines Zögerns.

»Ich hatte ihn noch nie gesehen«, sagte er. »Es ist Ihnen sicherlich aufgefallen, daß ich nicht wußte, wer von Ihnen beiden der Richtige war.«

Maigret wechselte daraufhin die Taktik: »Ich frage mich, weshalb er gekommen ist, oder vielmehr, wer ihn gerufen hat.«

»Kennen Sie ihn?«

»Er ist Privatdetektiv. Ja, ich werde mich heute morgen erkundigen müssen, was er hier macht. Sicherlich ist er in einem der beiden Hotels abgestiegen, die Sie gestern erwähnten.«

»Ich werde Sie nachher mit dem Wagen hinfahren.«

»Vielen Dank, aber ich gehe lieber zu Fuß und schlendere bei der Gelegenheit ein bißchen durch den Ort.«

Ihm war plötzlich ein Gedanke gekommen. Hatte Naud nicht im Vertrauen darauf, daß Maigret lange schlafen würde, sich frühzeitig ins Dorf begeben, um Inspektor Cavre zu treffen?

Es war alles möglich, und der Kommissar fragte sich sogar, ob der Besuch des jungen Mädchens nicht ein Teil des Planes war, den die ganze Familie ausgeheckt hatte.

Aber schon im nächsten Augenblick schämte er sich solcher Gedanken.

»Ihre Tochter ist doch hoffentlich nicht ernstlich krank?«

»Hm ... Wenn Sie die Wahrheit wissen wollen, ich glaube nicht, daß sie kränker ist als ich. Trotz unserer Bemühungen, alles von ihr fernzuhalten, hat sie dies und jenes gehört, was man sich im Ort erzählt. Sie ist so stolz. Alle jungen Mädchen sind es. Und das ist, glaube ich, der wahre Grund, warum sie seit drei Tagen nicht aus ihrem Zimmer kommt. Wer weiß, vielleicht schämt sie sich auch ein wenig vor Ihnen.«

Na, na, mein Lieber, dachte Maigret und erinnerte sich an den Besuch, den das gleiche junge Mädchen ihm in der Nacht gemacht hatte.

»Wir können vor Leontine offen sprechen«, fuhr Naud fort. »Sie hat mich schon als Säugling gekannt. Sie ist in der Familie seit ... Seit wann, Leontine?«

»Seit meiner ersten Kommunion, Herr Naud.«

»Noch etwas Suppe? Nein? Sehen Sie, ich befinde mich in einer schwierigen Lage, und ich frage mich manchmal, ob mein Schwager nicht einen taktischen Fehler gemacht hat. Sie werden mir antworten, daß er von diesen Dingen mehr versteht als ich, weil das sein Beruf ist. Aber seit er in Paris lebt, hat er vergessen, in welcher Atmosphäre wir hier leben.« Es war schwer zu glauben, daß er nicht aufrichtig war, denn er sprach mit der Ungezwungenheit eines Menschen, der alles sagt, was er auf dem Herzen hat. Er saß dort mit ausgestreckten Beinen und stopfte sich eine Pfeife, während Maigret weiter frühstückte. Eine wohlige Wärme war um sie. Es roch in der Küche nach dem frisch gemahlenen Kaffee, und draußen auf dem dunklen Hof pfiff der Stallbursche, während er das Pferd striegelte.

»Verstehen Sie mich richtig. Von Zeit zu Zeit werden Gerüchte über diesen oder jenen verbreitet. Ich weiß, diesmal ist es ernst. Trotzdem frage ich mich, ob es nicht besser ist, das ganze Gerede zu ignorieren. Sie haben sich auf Wunsch meines Schwagers bereit erklärt, herzukommen. Sie haben uns die Ehre erwiesen, zu uns zu kommen. Und jetzt weiß das schon jeder, da können Sie sicher sein. Der Klatsch hat schnelle Beine. Vermutlich werden Sie die Leute befragen. Die Phantasie wird sich dadurch nur noch mehr erhitzen, und ehrlich gesagt, deshalb weiß ich nicht, ob das die richtige Methode ist ... Essen Sie nichts mehr? Wenn Ihnen die Kälte nichts ausmacht, wäre es nett, wenn Sie mich auf meinem kleinen morgendlichen Inspektionsgang begleiten.«

Maigret zog gerade seinen Mantel an, als das Mädchen herunterkam, denn sie stand eine Stunde später auf als die alte Köchin. Eine Tür zu dem kalten, feuchten Hof wurde geöffnet. Eine Stunde lang ging man von einem Stall in den anderen, während die Milchkannen auf einen Lieferwagen geladen wurden. Am gleichen Tag sollten Kühe auf einem Markt in der Nähe verkauft werden. Männer in Kitteln trieben sie zusammen. Im Hintergrund des Hofes befand sich ein kleines Büro mit Ofen, Tisch,

Akten und einem Angestellten, der hohe Stiefel wie sein Chef trug.

»Entschuldigen Sie mich einen Augenblick?«

Ein einziges Licht im ersten Stock des Hauses. Es war Frau Naud, die sich erhob. Groult-Cotelle schlief noch. Und Geneviève ebenfalls. Das Mädchen bohnerte das Eßzimmer.

Auf dem dunklen Hof wurden die Tiere in den Lastwagen verladen, dessen Motor schon lief.

»Ich habe meine Anweisungen gegeben. Ich werde nachher im Auto zum Markt fahren, denn ich muß dort einige Kollegen treffen. Wenn ich die Zeit hätte und wüßte, daß es Sie interessiert, würde ich Ihnen meinen Betrieb genauer zeigen. Auf meinen anderen Höfen züchte ich gewöhnliche Kühe und bin gleichzeitig Lieferant der Molkerei. Hier befassen wir uns vor allem mit der Zucht von Rassetieren, die zum größten Teil ins Ausland verkauft werden, sogar nach Südamerika. Ich stehe Ihnen jetzt ganz zur Verfügung. In einer Stunde wird es hell sein. Wenn Sie das Auto brauchen – wenn Sie mir Fragen zu stellen haben ... Tun Sie ganz, wie es Ihnen beliebt. Sie sind hier zu Hause.«

Er wirkte ganz unbefangen, als er dies sagte, aber als Maigret nur antwortete: »Nun, wenn Sie erlauben, werde ich mich jetzt in den Ort begeben«, schien er die Stirn zu runzeln.

Die Straße war schlammig. Man sah einen Kanal. Zur Rechten zog sich der Bahndamm hin. Etwa einen Kilometer weiter sah man ein grelles Licht, das gewiß das des Bahnhofs war, denn ganz in der Nähe blinkten grüne und rote Signallampen.

Als Maigret sich zum Haus umdrehte, bemerkte er, daß zwei weitere Fenster im ersten Stock erleuchtet waren. Er dachte an Alban Groult-Cotelle und fragte sich, warum es ihn geärgert hatte, als er von Naud erfuhr, daß Alban verheiratet war.

Der Himmel hellte sich ein wenig auf. In einem der ersten Häuser, das Maigret sah, als er am Bahnhof links einbog und das Dorf betrat, brannte im Erdgeschoß Licht. Es war der ›Goldene Löwe‹.

Er ging hinein und kam in einen langen niedrigen Raum, in dem alles braun war: die Wände, die Deckenbalken, die langen gewachsten Tische, die Bänke ohne Lehne. Ganz im Hintergrund stand ein Herd, in dem aber kein Feuer gemacht war. Eine Frau mittleren Alters beugte sich über ein Holzfeuer, das im Kamin brannte, und war dabei, Kaffee zu kochen.

Sie drehte sich einen Augenblick zu Maigret um, sagte aber nichts. Er setzte sich in den trüben Schein einer ganz verstaubten Lampe.

»Geben Sie mir bitte einen Schnaps, wie man ihn hier trinkt«, sagte er und schüttelte seinen Mantel, der von der feuchten Morgenluft mit grauen Wasserperlen besät war.

Sie antwortete nicht. Er vermutete, daß sie es nicht gehört hatte. Sie rührte weiter mit einem Löffel in einem Topf, in dem etwas Kaffee kochte, und als sie fand, daß er fertig war, füllte sie eine Tasse damit, stellte sie auf ein Tablett und ging zur Treppe, wobei sie sagte: »Ich komme gleich wieder herunter.«

Maigret war davon überzeugt, daß es Cadavres Kaffee war, und er täuschte sich nicht, denn wenige Augenblicke später sah er dessen Mantel am Kleiderhaken hängen.

Über ihm ging man hin und her und sprach, ohne daß er verstehen konnte, was man sagte. Fünf Minuten verstrichen, dann fünf weitere. Maigret klopfte vergeblich mit einem Geldstück auf die Holzplatte des Tisches.

Nach einer Viertelstunde kam die Frau endlich wieder herunter, war aber noch unfreundlicher als vorher.

»Was wollten Sie haben?«

»Einen Schnaps, wie man ihn hier trinkt.«

»Den habe ich nicht.«

»Haben Sie überhaupt keinen Schnaps?«

»Ich habe nur Cognac.«

»Nun, dann geben Sie mir einen Cognac.«

Sie brachte ihm ein Glas, dessen Boden so dick war, daß kaum Platz für das Getränk blieb.

»Sagen Sie, ist bei Ihnen gestern abend einer meiner Freunde abgestiegen?«

»Ich weiß nicht, ob es Ihr Freund ist.«

»Ich meine den, der gerade aufgestanden ist.«

»Ich habe einem Reisenden seinen Kaffee hinaufgebracht.«

»Wie ich ihn kenne, hat er Ihnen sicherlich viele Fragen gestellt.«

Sie hatte einen Lappen geholt, um die Tische abzuwischen, auf denen die Gläser der Gäste vom Tag zuvor Flecke hinterlassen hatten.

»Bei Ihnen hat doch Albert Retailleau den letzten Abend vor seinem Tod verbracht?«

»Warum interessiert Sie das?«

»Er war ein anständiger junger Mann, glaube ich. Man hat mir gesagt, er habe an dem Abend Karten gespielt. Er lebte bei seiner Mutter, nicht wahr? Eine brave Frau, wenn ich mich nicht irre.«

»Hm.«

»Was sagten Sie?«

»Ich habe nichts gesagt. Sie reden ja die ganze Zeit, und ich weiß nicht, worauf Sie hinauswollen.«

Oben war Inspektor Cavre dabei, sich anzuziehen.

»Wohnt sie weit von hier?«

»Am Ende der Straße, hinten in einem kleinen Hof. Das Haus mit den drei Steinstufen.«

»War mein Freund Cavre, der bei Ihnen wohnt, noch nicht bei ihr?«

»Wie sollte er dort gewesen sein, wenn er jetzt erst aufsteht?«

»Ist er für einige Tage hier?«

»Ich habe ihn nicht danach gefragt.«

Sie öffnete die Fenster, um die Läden aufzustoßen. Man sah, daß es draußen inzwischen fast hell geworden war.

»Glauben Sie, daß Retailleau an dem Abend betrunken war?«

Sie antwortete aggressiv: »Nicht betrunkener als Sie, der Sie schon um acht Uhr morgens Cognac trinken.«

»Was schulde ich Ihnen?«

»Zwei Francs.«

Der ein wenig modernere Gasthof ›Zu den drei Mohren‹ befand sich genau gegenüber, aber der Kommissar hielt es für zwecklos, dort hineinzugehen. Ein Schmied machte in seiner Werkstatt Feuer. Vor einer Haustür schüttete eine Frau schmutziges Wasser quer über die Straße. Eine schrille Glocke, die Maigret an seine Kindheit erinnerte, ertönte. Ein Junge in Holzpantinen kam mit einem Brot unterm Arm aus dem Laden des Bäckers.

Gardinen bewegten sich bei seinem Vorbeigehen. Eine Hand wischte eine beschlagene Scheibe ab, und er sah ein altes, faltiges Gesicht mit rotgeränderten Augen wie die des Inspektors Cadavre. Rechts ragte grau die Kirche auf. Ihr Schieferdach sah durch den Regen schwarz und glänzend aus. Eine Frau kam heraus, eine sehr dürre Frau in den Fünfzigern. Sie war in tiefer Trauer, hielt sich sehr aufrecht und hatte ein schwarzes Meßbuch in der Hand.

Maigret blieb müßig an der Ecke des kleinen Platzes stehen, an der ein Warnschild den Autofahrern verkündete: *Schule*. Er blickte der Frau nach und sah sie am Ende der Straße in einer Art Sackgasse verschwinden. Da wußte er, daß es Frau Retailleau war und eilte ihr nach.

Als er an der Ecke der Gasse ankam, sah er die Frau die drei Stufen zu einem kleinen Haus hinaufsteigen und einen Schlüssel aus ihrer Handtasche nehmen. Kurz darauf klopfte er an die Glastür, hinter die eine Spitzengardine gespannt war.

»Herein.«

Sie hatte gerade Zeit gehabt, ihren Mantel und ihren Schleier abzulegen. Das Meßbuch lag noch auf dem mit Wachstuch überzogenen Tisch. In einem Küchenherd aus weißer Emaille, dessen Platte sorgfältig mit Schmirgel abgerieben war, brannte Feuer.

»Entschuldigen Sie bitte, daß ich Sie störe. Sie sind Frau Retailleau, nicht wahr?«

Ihm war nicht sehr wohl zumute, denn sie kam ihm weder mit Worten noch mit einer Geste entgegen, sondern blieb wartend stehen, die Hände auf dem Bauch. Ihr Gesicht hatte eine fast wächserne Farbe.

»Ich bin beauftragt, den Gerüchten, die über den Tod Ihres Sohnes umlaufen, nachzugehen.«

»Von wem?«

»Ich bin Kommissar Maigret von der Pariser Kriminalpolizei und möchte gleich hinzufügen, daß die Untersuchung, die ich im Augenblick führe, nicht amtlich ist.«

»Was bedeutet das?«

»Daß sich die Justiz noch nicht mit der Sache beschäftigt.«

»Mit welcher Sache?«

»Ich bitte Sie, zu verzeihen, daß ich von so peinlichen Dingen reden muß, aber Sie wissen doch, daß gewisse Gerüchte über den Tod Ihres Sohnes umgehen.«

»Man kann die Leute nicht daran hindern, alles mögliche zu reden.«

Um Zeit zu gewinnen, hatte sich Maigret einer links von dem Nußbaumküchenbüfett in einem ovalen Rahmen aus vergoldetem Holz hängenden Fotografie zugewandt.

Die Vergrößerung stellte einen Mann in den Dreißigern dar, dessen Haar kurzgeschnitten war und der einen großen Schnurrbart trug.

»Ist das Ihr Mann?«

»Ja.«

»Wenn ich mich nicht täusche, haben Sie ihn durch einen Unfall verloren, als Ihr Sohn noch ein kleiner

Junge war. Nach dem, was man mir berichtet hat, haben Sie einen Prozeß gegen die Molkerei anstrengen müssen, in der er arbeitete, um eine Pension zu erhalten.«

»Da hat man Ihnen ein Märchen erzählt. Ich habe nie einen Prozeß geführt. Oskar Drouhet, der Direktor der Molkerei, hat getan, was seine Pflicht war.«

»Und später, als Ihr Sohn die Schule verlassen hatte, hat er ihn in seinem Büro angestellt. Ihr Sohn war, glaube ich, Buchhalter.«

»Er war Prokurist, wenn er auch nicht so bezeichnet wurde, weil er noch zu jung war.«

»Haben Sie kein Bild von ihm?«

Maigret bedauerte seine Frage, denn im gleichen Augenblick bemerkte er eine kleine Fotografie, die auf einem kleinen Tisch stand. Er ergriff sie hastig, aus Furcht, daß die Mutter sich dem widersetzen könnte.

»Wie alt war er, als diese Aufnahme gemacht worden ist?«

»Neunzehn. Es war im vorigen Jahr.«

Ein schöner, kräftiger, gesunder junger Mann mit einem etwas breiten Gesicht, vollen Lippen und vor Lebensfreude funkelnden Augen.

Frau Retailleau, die immer noch stand und wartete, was kommen würde, seufzte nur.

»War er noch nicht verlobt?«

»Nein.«

»Hatte er eine Freundin?«

»Mein Sohn war zu jung, um sich um Frauen zu kümmern. Er hatte nur das eine im Kopf: es im Leben zu etwas zu bringen.«

Aber die funkelnden Augen des jungen Mannes und seine vollen Lippen sagten etwas anderes.

»Was haben Sie gedacht, als ... Verzeihen Sie – Sie müssen verstehen, daß ich davon spreche. Haben Sie an einen Unfall geglaubt?«

»Alles spricht dafür.«

»Ich meine, haben Sie keinen Verdacht geschöpft?«

»Gegen wen?«

»Hat er Ihnen gegenüber ein Fräulein Naud erwähnt? Ist er nicht manchmal erst spät in der Nacht nach Hause gekommen?«

»Nein.«

»Hat Herr Naud Sie inzwischen einmal besucht?«

»Wir haben nichts miteinander zu tun.«

»Gewiß. Aber er hätte doch trotzdem ... Herr Groult-Cotelle war natürlich auch nicht bei Ihnen?«

Bildete sich Maigret nur ein, daß die Augen der Frau einen Augenblick lang einen härteren Ausdruck annahmen?

»Nein, der auch nicht«, sagte sie.

»So daß Sie sich gar nicht um die Gerüchte kümmern, die hier wegen des Unfalls umgehen?«

»Nein, ich will gar nichts davon hören und wissen. Wenn Herr Naud Sie geschickt hat, dann können Sie ihm wiederholen, was ich Ihnen gesagt habe.«

Einige Sekunden lang stand Maigret mit halbgeschlossenen Augen reglos da, als wollte er sich diese Worte für immer einprägen. »Wenn Herr Naud Sie geschickt hat, dann können Sie ihm wiederholen, was ich Ihnen gesagt habe.«

Wußte sie, daß Etienne Naud am Abend zuvor Maigret am Bahnhof abgeholt hatte? Wußte sie, daß er es war, der ihn direkt aus Paris hatte kommen lassen? Oder vermutete sie es nur, daß er es getan hatte?

»Entschuldigen Sie bitte, daß ich Sie zu so früher Stunde gestört habe. Auf Wiedersehen, Frau Retailleau.«

Sie ließ ihn zur Tür gehen und sie hinter sich schließen, ohne auch nur ein Wort zu sagen. Der Kommissar war noch nicht zehn Schritte gegangen, als er Inspektor Cavre wie auf Wache am Rand des Gehsteigs stehen sah.

Hatte Cavre darauf gewartet, daß Maigret herauskam, um dann selbst Alberts Mutter aufzusuchen? Maigret wollte darüber Klarheit haben. Das Gespräch mit Frau Retailleau hatte ihn in schlechte Stimmung versetzt, und er hatte Lust, seinem ehemaligen Kollegen einen Streich zu spielen.

Er steckte sich seine Pfeife wieder an, die er vor dem Haus hatte ausgehen lassen, überquerte die Straße, stellte sich genau gegenüber von Cavre auf den anderen Gehsteig und blieb dort stehen, entschlossen, sich nicht wegzurühren.

In dem Dorf wurde es lebendig. Man sah Kinder auf dem Weg zur Schule, deren Tor auf den kleinen Kirchplatz ging. Die meisten kamen von weither, waren in Schals eingemummt, hatten rote oder blaue Wollstrümpfe an, und ihre Füße steckten in Holzpantinen.

Nun, mein lieber Cadavre, jetzt bist du an der Reihe. Na, geh schon hinein! schien Maigret zu sagen, dessen Augen boshaft funkelten.

Aber Cavre rührte sich nicht vom Fleck, wandte nur den Blick ab, wie jemand, der über jeden Scherz erhaben ist.

Hatte ihn Frau Retailleau nach St. Aubin kommen lassen? Vielleicht. Sie war eine seltsame Frau, aus der man schwer klug wurde. Sie hatte etwas von einer Bäuerin und auch deren angeborenes Mißtrauen, aber sie hatte auch etwas Bürgerlich-Damenhaftes. Man spürte einen Stolz bei ihr, den nichts antasten konnte. Selbst ihre Starrheit hatte etwas Imponierendes. Die ganze Zeit, die Maigret bei ihr gewesen war, hatte sie nicht einen Schritt, kaum eine Bewegung gemacht. Sie hatte gestanden und kaum die Lippen bewegt, um etwas zu sagen.

Nun, mein armer Cadavre, entscheide dich. Tue etwas!

Cadavre stampfte mit den Füßen auf, um warm zu werden, schien aber nicht entschlossen zu sein, etwas zu unternehmen, solange ihn Maigret beobachtete.

Die Situation war lächerlich. Es war kindisch, hartnäckig abzuwarten, was geschehen würde. Und dennoch tat es Maigret. Und es war übrigens ganz umsonst. Um halb neun kam ein kleiner Mann mit rotem Gesicht aus seinem Haus und ging zur Mairie, deren Tür er aufschloß. Gleich darauf folgte ihm Cavre.

Es war genau das, was Maigret als erstes hatte tun wollen: sich bei der Ortsbehörde erkundigen. Aber nun war ihm sein ehemaliger Kollege zuvorgekommen, und es blieb ihm nichts anderes übrig, als selbst zu warten.

3

Später sollte dieses Thema für Maigret tabu sein: Nie sprach er von diesem Tage, besonders nicht von dem Vormittag, und bestimmt tat er alles, um die Erinnerung daran aus seinem Gedächtnis zu verscheuchen.

Das Peinlichste war, daß er nicht mehr Maigret war, denn was stellte er im Grunde in St. Aubin dar? Nichts! Justin Cavre war vor ihm in die Mairie gegangen. Maigret war beschämt auf der Straße geblieben, unter einem Himmel, der aussah wie ein eitriges Geschwür, das jeden Augenblick platzen konnte. Unter diesem Himmel wirkten die Häuser wie dicke giftige Pilze. Man beobachtete ihn, er wußte es. Hinter allen Gardinen waren Blicke auf ihn gerichtet.

Gewiß, es war ihm gleich, was ein paar alte Frauen über ihn dachten. Es war ihm sogar gleich, daß ein paar Schulkinder, als sie an ihm vorbeikamen, in lautes Lachen ausgebrochen waren.

Aber er war sich bewußt, nicht der Maigret zu sein, der er sonst war. Es ist vielleicht übertrieben, daß er sich selber fremd vorkam, und dennoch war es ein wenig so.

Was würde zum Beispiel geschehen, wenn er den weißgekalkten Flur der Mairie betrat und an die graugestrichene Tür klopfte, auf die mit schwarzen Buchstaben das Wort ›Sekretariat‹ geschrieben war? Man würde ihn bitten zu warten, bis er an der Reihe war, als wäre er ein Bittsteller oder als wollte er eine Geburtsurkunde holen. Und unterdessen saß Cavre weiter in dem überheizten kleinen Büro und fragte nach Herzenslust den Sekretär aus.

Maigret war nicht in amtlicher Eigenschaft hier. Er konnte sich nicht auf die Kriminalpolizei berufen. Und was seinen Namen betraf, wer weiß, ob auch nur ein Mensch in diesem von Sümpfen umgebenen Dorf ihn kannte.

Er wartete ungeduldig darauf, daß Cavre wieder herauskam. Als es soweit war, war er nahe daran, sich an seinen ehemaligen Kollegen zu klammern, ihm nachzugehen und ihm unvermittelt zu sagen: *Hören Sie mal, Cavre, es hat keinen Sinn, daß wir uns zu überlisten versuchen. Sie sind nicht zu Ihrem Vergnügen hier. Jemand hat Sie hergerufen. Sagen Sie mir, wer es ist, und klären Sie mich darüber auf, womit man sie betraut hat.*

Wie leicht erschien ihm in diesem Augenblick eine wirkliche, eine offizielle Untersuchung. In einem Ort seines Zuständigkeitsbereiches hätte er nur auf die Post zu gehen brauchen: *Kommissar Maigret. Verbinden Sie mich sofort mit der Pariser Kriminalpolizei ... Hallo! Bist du's, Janvier? Spring in einen Wagen und komm her ... Wenn du Cadavre herauskommen siehst – ja, ja, Justin Cadavre –, verfolgst du ihn und läßt ihn nicht aus den Augen.*

Wer weiß, er würde dann vielleicht auch Etienne Naud, den er gerade am Steuer seines Wagens in Richtung Fontenay fahren sah, überwachen lassen. Es ist leicht, Maigret zu sein. Man verfügt über einen ganzen vollkommenen Apparat. Obendrein braucht man nur lässig seinen Namen zu nennen, und die Leute bringen sich fast um, um einem behilflich zu sein.

Aber hier war er so wenig bekannt, daß trotz der Artikel und Bilder, die häufig in den Zeitungen erschienen, Etienne Naud am Bahnhof zuerst auf Justin Cavre zugegangen war. Gewiß, man hatte ihn freundlich empfangen, weil der Schwager, der Untersuchungsrichter, ihn aus Paris geschickt hatte. Aber es war nicht so, als fragten sich alle, was er hier eigentlich wollte.

Naud hätte am liebsten zu ihm gesagt: *Mein Schwager Bréjon ist ein reizender Mann, der bestimmt unser Bestes will, aber er ist schon so lange nicht mehr in Saint Aubin, und er macht sich falsche Vorstellungen von dieser ganzen Geschichte. Es ist sehr nett von ihm, daß er daran dachte, Sie zu uns zu schicken, es ist sehr nett von Ihnen, daß Sie gekommen sind. Wir nehmen Sie mit Freuden als unseren Gast auf. Essen Sie, trinken Sie, begleiten Sie mich auf meinem Inspektionsgang, aber halten Sie sich um Himmels willen nicht für verpflichtet, sich länger in diesem feuchten, langweiligen Ort aufzuhalten. Halten Sie sich auch nicht für verpflichtet, sich mit dieser Geschichte zu befassen, die ganz unbedeutend ist und allein uns angeht.*

Für wen arbeitete er eigentlich? Für Etienne Naud. Aber Etienne Naud war offensichtlich nicht an einer ernsten Untersuchung des Falles interessiert.

Der Zwischenfall in der Nacht setzte allem noch die Krone auf. Diese Geneviève, die in sein Zimmer kam und ihm erklärte: »Ich war die Geliebte Albert Retailleaus. Ich erwarte ein Kind von ihm, aber wenn Sie ein Wort sagen, bringe ich mich um.«

Nun, wenn sie wirklich Alberts Geliebte gewesen war, dann konnte man die Beschuldigungen gegen Naud nicht mehr auf die leichte Schulter nehmen. Hatte sie daran gedacht? Hatte sie bewußt ihren Vater belastet? Und sogar die Mutter des Opfers hatte nichts gesagt, nichts zugegeben, nichts geleugnet. Sie hatte durch ihre Haltung nur zu verstehen gegeben: *Was mischen Sie sich ein?*

Für alle, selbst für die alten Frauen hinter den sich bewegenden Gardinen, selbst für die Kinder, die vorhin an ihm vorübergekommen waren, sich nach ihm umgedreht und ihm ins Gesicht gelacht hatten, war er der Eindringling, der Unerwünschte. Er war für sie jemand, von dem man nicht wußte, woher er kam und was er hier zu tun hatte.

Am liebsten hätte er seinen Koffer aus dem Naudschen Hause holen lassen, wäre mit dem nächsten Zug nach Paris zurückgefahren und hätte Untersuchungsrichter Bréjon erklärt: *Man will dort nichts von mir wissen. Soll Ihr Schwager sehen, wie er aus der Sache herauskommt.* Trotzdem war er in die Mairie gegangen, während sich der Exinspektor mit einer Aktentasche unterm Arm entfernte, wodurch er in den Augen der Bewohner gewiß zu einer bedeutenden Persönlichkeit wurde. Der kleine Sekretär der Mairie, der schlecht roch, stand nicht auf.

»Sie wünschen?«

»Kommissar Maigret von der Pariser Kriminalpolizei. Ich bin in Saint Aubin in privatem Auftrag und möchte Sie um einige Auskünfte bitten.«

Der Mann zögerte, setzte eine gelangweilte Miene auf, bat aber schließlich Maigret doch, auf einem Rohrstuhl Platz zu nehmen.

»Hat der Privatdetektiv, der eben bei Ihnen war, gesagt, für wen er arbeitet?«

Der Sekretär begriff die Frage nicht oder tat so, als ob er sie nicht begriff. Und mit den anderen Fragen, die der Kommissar ihm stellte, war es fast das gleiche.

»Sie kannten Albert Retailleau. Sagen Sie mir, was Sie von ihm hielten.«

»Er war ein anständiger junger Mann. Ja, man kann sagen, ein tüchtiger, zuverlässiger Mensch. Man kann ihm nichts Schlechtes nachsagen.«

»Lief er Frauen nach?«

»Nun, er war eben ein junger Mann. Man weiß nicht

immer, was junge Leute tun. Aber daß er den Frauen nachlief, kann man nicht behaupten.«

»Verkehrte er mit Fräulein Naud?«

»Man hat es behauptet. Es sind Gerüchte umgegangen. Gerüchte sind nie nur Gerüchte.«

»Wer hat die Leiche entdeckt?«

»Der Bahnhofsvorsteher Ferchaud. Er hat die Mairie angerufen, und der Stellvertreter des Bürgermeisters hat sofort die Gendarmerie in Benet telefonisch benachrichtigt. Wir haben in Saint Aubin keinen Gendarmerieposten.«

»Was hat der Arzt gesagt, der die Leiche untersucht hat?«

»Was er gesagt hat? Daß er tot ist. Die Leiche war völlig verstümmelt. Retailleau ist vom Zug überfahren worden.«

»Man hat dennoch festgestellt, daß er es war?«

»Wie? Natürlich. Er war es ganz bestimmt.«

»Um welche Zeit ist der letzte Zug über die Strecke gefahren?«

»Um fünf Uhr sieben morgens.«

»Fanden es die Leute nicht merkwürdig, daß Retailleau sich um fünf Uhr morgens mitten im Winter auf den Gleisen aufhielt?«

Die Antwort des Sekretärs gab Maigret zu denken: »Es war trockenes Wetter und es hatte gefroren.«

»Trotzdem sind Gerüchte umgegangen ...«

»Ja, Gerüchte. Dagegen kann man nichts tun.«

»War Ihrer Meinung nach der Tod durch einen Unfall bedingt?«

»Es ist schwer, sich darüber eine Meinung zu bilden.«

»Was halten Sie von Frau Retailleau?«

»Eine sehr brave Frau. Man kann nichts Nachteiliges über sie sagen.«

»Und von Herrn Naud?«

»Ein sehr liebenswürdiger Mensch. Auch sein Vater, der Staatsrat, war ein ausgezeichneter Mann.«

»Und von dem jungen Mädchen?«

»Ein hübsches Fräulein. Und ihre Mutter ist eine der besten Frauen des Ortes.«

Der kleine Mann sagte das alles höflich und ohne Überzeugung, wobei er sich in der Nase bohrte und dann interessiert betrachtete, was er herausgepopelt hatte.

»Und wie ist es mit Herrn Groult-Cotelle?«

»Auch ein äußerst anständiger Mann. Nicht hochmütig . . .«

»Ist er vertraut mit den Nauds?«

»Ja, sie sehen sich oft. Sie gehören dem gleichen Milieu an.«

»An welchem Tag hat man, nicht weit vom Naudschen Haus, Retailleaus Mütze gefunden?«

»An welchem Tag? Ja, aber hat man denn überhaupt eine Mütze gefunden?«

»Man hat mir versichert, ein gewisser Désiré, der die Milch für die Molkerei abholt, habe sie im Schilf am Kanal gefunden.«

»Ja, das hat man behauptet.«

»Stimmt es nicht?«

»Wie soll man das wissen? Désiré ist die halbe Zeit betrunken.«

»Und wenn er betrunken ist?«

»Sagt er bald weiß, bald schwarz . . .«

»Aber die Mütze ist doch etwas, was man sehen kann. Manche haben sie gesehen.«

»Ach?«

»Sie muß doch irgendwo sein.«

»Vielleicht. Ich weiß es nicht. Sehen Sie, wir sind keine Polizei und kümmern uns nur um das, was uns angeht.«

Einige Minuten später war Maigret wieder auf der Straße. Er war nicht viel weitergekommen, oder vielmehr: er hatte jetzt die Gewißheit, daß niemand ihm bei der Auffindung der Wahrheit helfen würde.

Und da niemand die Wahrheit erfahren wollte, was wollte er noch hier?

War es nicht besser, nach Paris zurückzukehren und Bréjon zu sagen: *Ihrem Schwager liegt nichts an einer Untersuchung der Affäre. Niemandem in dem Ort liegt etwas daran. Ich bin deshalb zurückgefahren.*

An dem Messingschild erkannte er das Haus des Notars, das gewiß das Elternhaus Luise Bréjons, die Etienne Naud geheiratet hatte, gewesen war. Es war ein großes graues Haus und wirkte unter dem feuchten grauen Himmel genauso undurchdringlich wie der ganze übrige Ort.

Er kam an dem ›Goldenen Löwen‹ vorüber. In dem Schankraum unterhielt sich jemand mit der Wirtin, und Maigret hatte den Eindruck, daß man von ihm sprach und ans Fenster trat, um ihn zu betrachten.

Ein Radfahrer näherte sich. Maigret erkannte ihn, aber er hatte nicht die Zeit, umzukehren. Es war Alban Groult-Cotelle. Er hielt an und sprang von seinem Rad ab.

»Ich freue mich, Ihnen zu begegnen. Wir sind ganz in der Nähe meiner Wohnung. Würden Sie mir die Freude machen und bei mir einen Aperitif trinken? Mein Haus ist zwar sehr bescheiden, aber ich habe noch einige Flaschen alten Portwein.«

Maigret ging mit. Er erhoffte sich nicht viel davon, aber es war immerhin besser, als in den Straßen eines feindlichen Ortes umherzulaufen.

Es war ein großes Haus mit schwarzen Gittern und einem hohen Schieferdach, aber im Innern roch es nach Armut. Das Mädchen machte einen äußerst schlampigen Eindruck, und dennoch merkte Maigret an gewissen Blicken, daß Groult-Cotelle mit ihr schlief.

»Entschuldigen Sie die Unordnung. Ich führe hier ein

Junggesellenleben. Außer Büchern interessiert mich nichts, so daß ...«

So daß die Tapeten von den feuchten Wänden in Fetzen herunterhingen, so daß die Gardinen grau von Staub waren und man drei oder vier Stühle ausprobieren mußte, bevor man einen fand, der fest auf seinen vier Beinen stand.

Zweifellos um Holz zu sparen, war nur ein einziges Zimmer im Erdgeschoß geheizt. Es diente zugleich als Salon, Eßzimmer und Bibliothek, und es stand auch ein Diwan darin, auf dem, wie Maigret vermutete, der Hausherr wohl meistens schlief.

»Setzen Sie sich bitte. Es ist wirklich ein Jammer, daß Sie nicht im Sommer gekommen sind. Dann ist es hier wirklich recht hübsch. Was halten Sie von meinen Freunden, den Nauds? Eine bezaubernde Familie! Und Naud ist der beste Mensch der Welt. Vielleicht nicht sehr tief, vielleicht ein bißchen stolz – aber es ist ein naiver, ein so aufrichtiger Stolz. Wissen Sie, daß er sehr reich ist?«

»Und Geneviève Naud?«

»Charmant. Ja, man kann sagen, sie ist charmant.«

»Ich hoffe, sie noch kennenzulernen. Ihre Unpäßlichkeit wird ja nur vorübergehend sein.«

»Gewiß, gewiß. Bei jungen Mädchen kommt das öfter vor. Auf Ihr Wohl!«

»Haben Sie Retailleau gekannt?«

»Vom Sehen. Seine Mutter soll aus sehr guter Familie stammen. Wenn Sie noch einige Zeit blieben, würde ich Sie mit einigen interessanten Leuten hier in der Gegend bekannt machen. Mein Onkel, der General, sagte immer, daß auf dem Land und besonders in unserer Vendée ...«

»Ich muß jetzt leider wieder gehen«, unterbrach ihn Maigret.

»Ja, stimmt ja, die Untersuchung ... Geht sie gut voran? Haben Sie Hoffnung? Meiner Meinung nach gilt es vor allem die Person zu fassen, von der all diese falschen Gerüchte ausgehen.«

»Denken Sie an jemanden?«

»Ich? Ganz und gar nicht. Ich habe ja mit der ganzen Sache nichts zu schaffen. Wir werden uns zweifellos heute abend wiedersehen, denn Etienne hat mich zum Essen eingeladen, und falls ich nicht zu beschäftigt bin ...«

Mit was beschäftigt? Man könnte glauben, daß die Worte in diesem Ort nicht den gleichen Sinn wie anderswo hatten.

»Haben Sie von der Mütze gehört?«

»Welche Mütze? Ach ja, Ich war mit meinen Gedanken ... Ja, ich habe vage davon gehört. Aber stimmt das? Hat man sie wirklich gefunden?«

Fünf Minuten später klingelte Maigret an der Tür des Arztes. Ein Dienstmädchen öffnete ihm und sagte, die Sprechstunde sei erst um eins. Erst als er erklärte, er müsse den Arzt unbedingt sofort sprechen, führte sie ihn in die Garage, wo ein hochgewachsener kräftiger Mann dabei war, ein Motorrad zu reparieren.

Immer der gleiche Refrain: »Kommissar Maigret – Pariser Kriminalpolizei – in privatem Auftrag ...«

»Darf ich Sie in mein Sprechzimmer führen und mir schnell die Hände waschen?«

Maigret wartete neben dem verstellbaren Tisch, der mit Wachstuch bezogen war und zur Untersuchung der Kranken diente.

»Sie sind also der berühmte Kommissar Maigret? Ich habe oft von Ihnen gehört. Ich habe einen Kollegen fünfunddreißig Kilometer von hier, der den lokalen Teil in den Zeitungen genau verfolgt. Wenn er wüßte, daß Sie in Saint Aubin sind, würde er sofort herüberkommen. Sie haben doch den Fall Landru aufgeklärt?«

Er erwähnte einen der wenigen Fälle, in denen Maigret keine Rolle gespielt hatte.

»Was verschafft uns die Ehre Ihrer Anwesenheit in Saint Aubin? Denn es ist eine Ehre ... Sie trinken doch gewiß gern irgend etwas ... Eins meiner Kinder ist gerade krank und liegt im Salon, weil es dort am wärmsten ist. Darum empfange ich Sie hier. Wie wäre es mit einem Schnaps?«

Das war alles, was die Leute Maigret zu bieten hatten.

»Retailleau?«

»Ein netter Kerl. Ich glaube, er war ein guter Sohn. Jedenfalls hat seine Mutter, die ich behandelt habe, nie über ihn geklagt. Eine Frau mit Charakter. Sie verdiente, in ganz anderen Verhältnissen zu leben. Übrigens ist sie aus guter Familie, und man war sehr erstaunt, als sie Joseph Retailleau heiratete, der nur Arbeiter in der Molkerei war.

Etienne Naud? Ein großartiger Kerl. Wir jagen zusammen. Er ist ein ausgezeichneter Schütze. Groult-Cotelle? Nein, man kann nicht sagen, daß er ein Jäger ist, aber wohl nur deshalb, weil er sehr kurzsichtig ist.

Sie kennen also schon alle. Haben Sie auch Tine gesehen? Wie, Sie kennen Tine noch nicht? Ich kann nur mit höchstem Respekt von ihr sprechen, wie jeder in Saint Aubin. Tine ist die Mutter von Frau Naud. Frau Bréjon – Sie hat einen Sohn, der seit Jahren in Paris Untersuchungsrichter ist. Ja, den kennen Sie bestimmt. Sie ist eine geborene La Noue, stammt aus einer der vornehmsten Familien der Vendée. Da sie ihrer Tochter und ihrem Schwiegersohn nicht zur Last fallen will, wohnt sie allein in der Nähe der Kirche. Trotz ihrer vierundachtzig Jahre ist sie noch gut zu Fuß, sieht gut aus, und ich kann an ihr nicht viel verdienen.

Bleiben Sie einige Tage in Saint Aubin?

Wie? Die Mütze? Ach ja ... Nein, ich habe niemanden davon reden hören. Ich habe nur gerüchtweise davon gehört. Wenn das alles vorauszusehen gewesen wäre, hätte ich eine Autopsie vorgenommen. Aber versetzen Sie sich an meine Stelle. Da sagt man mir, der arme Kerl ist von einem Zug überfahren worden, und ich stelle fest, daß er wirklich überfahren worden ist. Ich fasse meinen Bericht natürlich dementsprechend ab . . .«

Maigret hätte schwören mögen, daß sie sich alle abgesprochen hatten, daß sie mürrisch – oder gelöst wie der Arzt – ihn von einem zum anderen schickten und sich dabei heimlich zuzwinkerten.

Der Himmel ist fast klar. In allen Wasserlachen spiegeln sich helle Reflexe, und der Schmutz glänzt an manchen Stellen. Der Kommissar läuft wieder mal durch die Hauptstraße, auf deren Namen er gar nicht geachtet hat, die aber bestimmt Rue de la République heißt. Dann kommt ihm plötzlich der Gedanke, in die ›Drei Mohren‹ zu gehen, die dem ›Goldenen Löwen‹ gegenüberliegen, in dem er am Morgen so ungnädig empfangen worden ist. Der Schankraum ist heller und weiß gekalkt. An den Wänden hängen bunte Drucke und das Foto eines Präsidenten der Republik von vor dreißig oder vierzig Jahren. Dahinter befindet sich ein weiterer Raum mit Papiergirlanden. Man tanzt also sonntags hier.

An einem Tisch sitzen vier Männer vor einer Flasche Rosé, und beim Eintreten des Kommissars hustet der eine auffällig, als wollte er den anderen verkünden: *Das ist er.*

Maigret setzt sich auf eine der Bänke am anderen Ende, und sofort spürt er, daß sich etwas verändert hat. Die Männer sind verstummt. Ehe er hereingekommen ist, haben sie bestimmt nicht mit aufgestützten Ellenbogen dagesessen und sich schweigend angestarrt.

Sie spielen eine völlig stumme Szene, die Ellbogen rücken aneinander, die Schultern berühren sich, und schließlich spuckt der älteste, der eine Fuhrmannspeitsche neben sich liegen hat, kräftig auf den Boden, worauf die anderen schallend lachen. Galt das Maigret?

»Was darf ich Ihnen bringen?« fragt ihn eine junge Frau, die ein Baby auf dem Arm hält.

»Rosé.«

»Einen Schoppen?«

»Bitte.«

Er zieht heftig an seiner Pfeife, denn dies ist nicht mehr die latente oder gedämpfte Feindseligkeit, der er bisher begegnet ist: diesmal verhöhnt man ihn ganz offen. Man könnte sagen, man provoziert ihn.

»Was soll ich dir sagen, Söhnchen? Es muß nun einmal alle möglichen Berufe geben«, sagt der Fuhrmann nach einem längeren Schweigen, ohne daß ihn jemand etwas gefragt hat. Über diese Bemerkung brechen die anderen von neuem in Lachen aus, als hätten die einfachen Worte für sie einen besonderen Sinn. Nur einer lacht nicht: ein Junge von achtzehn oder neunzehn Jahren mit pickeligem Gesicht und hellgrauen Augen.

Er stützt sich auf einen Ellbogen und blickt Maigret in die Augen, als wollte er ihn das ganze Gewicht seines Hasses oder seiner Verachtung spüren lassen.

»Man braucht trotzdem nicht stolz zu sein«, brummt ein anderer.

»Wo es Geld gibt, ist Stolz nicht angebracht.«

Maigret hat die Anspielung verstanden. Er hat endlich die Opposition entdeckt.

Wer weiß, sicherlich sind von den ›Drei Mohren‹ alle umlaufenden Gerüchte ausgegangen. Und wenn diese Leute ihre Wut an ihm auslassen, dann darum, weil sie glauben, er sei von Etienne Naud dafür bezahlt, daß die Wahrheit nicht ans Licht kommt.

»Sagen Sie, meine Herren . . .«

Er hat sich erhoben, ist auf sie zugegangen, und obwohl er wirklich nicht schüchtern ist, hat er gespürt, daß er rot geworden ist.

Schweigen empfängt ihn. Nur der junge Mann blickt ihm weiter ins Gesicht, während die anderen sich ein wenig verlegen abwenden.

»Sie wohnen doch alle hier und können mir vielleicht einige Auskünfte geben, damit die Gerechtigkeit ihren Lauf nehmen kann.«

Sie sind mißtrauisch. Seine Worte schmeicheln ihnen zwar, aber sie ergeben sich noch nicht, und der Alte murmelt: »Gerechtigkeit für wen? Für Naud?«

Als hätte er diese Frage nicht gehört, fährt der Kommissar fort, während die Wirtin mit ihrem Kind auf dem Arm sich in den Rahmen der Küchentür stellt: »Ich muß vor allem zweierlei finden. Erstens einen Freund Retailleaus, einen wirklichen Freund, der möglichst mit ihm an dem letzten Abend zusammengewesen ist . . .«

An dem Blick, den die drei Männer dem vierten und jüngsten zuwerfen, merkt Maigret, daß das auf diesen zutrifft.

»Und zweitens muß ich die Mütze haben. Sie wissen, was ich meine.«

»Los, Louis«, brummt der Fuhrmann, während er sich eine Zigarette dreht.

Aber der junge Mann ist noch nicht überzeugt.

»Wer schickt Sie?«

Es ist das erstemal, daß Maigret sich gezwungen sieht, einem jungen Schnösel Rechenschaft abzulegen, und dennoch ist es notwendig. Er muß ihn sich unbedingt gefügig machen.

»Ich bin Kommissar Maigret von der Pariser Kriminalpolizei . . .«

Vielleicht hat der Junge schon einmal von ihm gehört?

Er hat es nicht.

»Warum wohnen Sie bei Naud?«

»Weil er von meiner Ankunft benachrichtigt worden ist und mich am Bahnhof abgeholt hat. Da ich mich hier nicht auskannte . . .«

»Es gibt hier Gasthöfe.«

»Das wußte ich nicht.«

»Wer ist das, der gegenüber abgestiegen ist?«

Statt zu verhören, wird er selber einem Verhör unterzogen!

»Ein Privatdetektiv.«

»Für wen arbeitet der?«

»Das weiß ich nicht.«

»Warum ist noch keine Untersuchung eingeleitet worden? Albert ist jetzt schon drei Wochen tot.«

Sehr gut, Junge. Mach so weiter, scheinen die drei Männer zu dem Jüngling zu sagen, der sich krampfhaft bemüht, seine Schüchternheit zu überwinden.

»Es ist keine Anzeige erstattet worden.«

»So kann man also jemand töten, und wenn keine Anzeige erstattet wird . . .«

»Der Arzt hat festgestellt, daß es ein Unfall war.«

»War er dabei, als es passiert ist?«

»Sobald ich genügend Beweise habe, wird die amtliche Untersuchung eingeleitet.«

»Was verstehen Sie unter Beweisen?«

»Zum Beispiel, wenn man beweisen könnte, daß die Mütze zwischen dem Naudschen Hause und der Stelle, wo man die Leiche entdeckte, gefunden worden ist.«

»Man muß ihn zu Désiré führen«, sagt der dickste der Männer, der einen Tischlerkittel trägt. »Bring uns das gleiche noch mal, Mely, und noch ein Glas.«

Es ist für Maigret schon ein Sieg.

»Wann hat Retailleau an jenem Abend dieses Lokal verlassen?«

»Etwa um halb zwölf.«

»Waren viele Leute hier?«

»Nur vier. Wir haben Karten gespielt.«

»Sind Sie alle zusammen weggegangen?«

»Die beiden anderen sind nach links gegangen, und ich habe Albert ein Stück begleitet.«

»In welche Richtung?«
»Er ist zum Naudschen Haus gegangen.«
»Hat er sich bei Ihnen ausgesprochen?«
»Nein.«
Der junge Mann macht ein düsteres Gesicht. Er hat nur widerwillig nein gesagt, aber man merkt ihm an, daß er um keinen Preis lügen will.
»Hat er Ihnen nicht gesagt, was er bei Nauds wollte?«
»Nein, er war wütend.«
»Auf wen?«
»Auf sie.«
»Meinen Sie Fräulein Naud? Hatte er schon vorher mit Ihnen über sie gesprochen?«
»Ja.«
»Was hatte er Ihnen gesagt?«
»Alles und nichts. Er ging fast jede Nacht dorthin.«
»Brüstete er sich damit?«
»Nein.« Ein vorwurfsvoller Blick. »Er war verliebt, das sah man ihm an. Er konnte es nicht verbergen.«
»Und an dem letzten Tag war er wütend?«
»Ja. Den ganzen Abend hat er beim Kartenspiel an etwas anderes gedacht und immerzu auf die Uhr gesehen. Auf der Straße, als er sich von mir trennte ...«
»An welcher Stelle?«
»Fünfhundert Meter von dem Naudschen Haus entfernt ...«
»Also dort, wo man ihn tot aufgefunden hat?«
»Ungefähr. Ich hatte ihn den halben Weg begleitet.«
»Und Sie sind sicher, daß er weitergegangen ist?«
»Ja. Als er mir beide Hände drückte, hat er mit Tränen in den Augen gesagt: ›Es ist aus, mein lieber Louis.‹«
»Was war aus?«
»Zwischen ihm und Geneviève war es aus. So habe ich es verstanden. Er wollte damit sagen, daß er zum letztenmal dorthin ging.«
»Aber ist er dorthin gegangen?«

»In jener Nacht schien der Mond. Ich habe ihn noch gesehen, als er nur noch hundert Meter von dem Haus entfernt war.«

»Und die Mütze?«

Der junge Louis erhebt sich und blickt die anderen entschlossen an.

»Kommen Sie . . .«

»Vertraust du ihm?« fragte einer der älteren. »Sei vorsichtig, Louis.«

Aber Louis ist in dem Alter, in dem man alles auf eine Karte setzt. Er blickt Maigret in die Augen, als wollte er sagen: *Wenn du mich verrätst, bist du ein Lump.*

»Folgen Sie mir. Es sind nur ein paar Schritte.«

»Aber erst trink noch einen Schluck, und Sie, Herr Kommissar, trinken Sie auch. Sie können alles glauben, was der Junge Ihnen sagt. Der schwindelt nicht.«

»Auf Ihr Wohl, meine Herren.«

Er stößt mit ihnen an, dann geht er hinter Louis hinaus und vergißt, seinen Schoppen zu bezahlen.

Genau in diesem Augenblick kehrt auf der anderen Straßenseite Cavre mit seiner Aktentasche unterm Arm in den ›Goldenen Löwen‹ zurück. Täuscht sich Maigret? Es kommt ihm so vor, als lächelte sein ehemaliger Kollege, den er nur im Profil sieht, hämisch.

»Kommen Sie – hier entlang.«

Sie gehen durch kleine Gassen, die Maigret nicht vermutet hatte, und die die drei oder vier Straßen des Ortes miteinander verbinden.

In einem dieser Gäßchen, in denen sich rings um die Häuschen eingezäunte kleine Gärten ziehen, stößt Louis eine Tür auf, an der eine Glocke angebracht ist, und ruft: »Ich bin's.«

Sie betreten eine Küche, in der vier oder fünf Kinder am Tisch sitzen und zu Mittag essen.

»Was ist, Louis?« fragt die Mutter und blickt Maigret verlegen an.

»Warten Sie hier auf mich ... Einen Augenblick, Herr.«

Er eilt die Treppe hinauf, die von der Küche nach oben führt, geht in ein Zimmer, und man hört, wie er ein Kommodenschubfach aufzieht. Dann geht er hin und her, stößt einen Stuhl um, während seine Mutter nicht weiß, ob sie Maigret auffordern soll, Platz zu nehmen. Sie schließt nur die Tür hinter ihm. Bleich und erregt kommt Louis wieder herunter.

»Man hat sie gestohlen«, sagt er mit starrem Blick. Und zu seiner Mutter gewandt: »Es ist jemand hier gewesen. Wer? Wer ist heute morgen hier gewesen?«

»Aber Louis ...«

»Wer? Sag mir, wer? Wer hat die Mütze gestohlen?«

»Ich weiß nicht einmal, um welche Mütze es sich handelt.«

»Jemand ist in mein Zimmer hinaufgegangen.« Er ist so erregt, daß man fürchten muß, er könnte seine Mutter schlagen.

»Jetzt halt mal hübsch den Mund. In welchem Ton sprichst du mit mir?«

»Warst du die ganze Zeit zu Hause?«

»Ich war beim Fleischer und beim Bäcker.«

»Und die Kleinen?«

»Die hatte ich wie immer zur Nachbarin gebracht.«

Die beiden Kleinsten, die noch nicht zur Schule gehen.

»Entschuldigen Sie bitte, Herr Kommissar, ich verstehe das Ganze nicht. Die Mütze war noch heute morgen in meiner Kommode, ich bin dessen ganz sicher. Ich habe sie gesehen.«

»Aber um was für eine Mütze handelt es sich? Wirst du mir endlich antworten? Man könnte meinen, du bist verrückt geworden. Du solltest dich lieber zu Tisch setzen und essen. Und was den Herrn betrifft, den du stehen läßt ...«

Aber Louis wirft seiner Mutter einen argwöhnischen Blick zu und zieht Maigret hinaus.

»Kommen Sie. Ich muß mit Ihnen noch sprechen. Ich schwöre bei allem, was mir heilig ist, daß die Mütze ...«

4

Der Junge ging schnell, mit vorgebeugtem Oberkörper, schleppte den schweren Maigret hinter sich her, dem in seiner Lage immer noch wenig wohl zumute war.

Louis' Mutter, die vor der Tür stand, rief, als sie schon um die Ecke des Gäßchens bogen: »Kommst du nicht zum Essen, Louis?«

Hörte er es überhaupt? Eine wilde Leidenschaft hatte ihn gepackt. Er hatte diesem Herrn aus Paris etwas versprochen, und er konnte sein Wort nicht halten, weil etwas Unvorhergesehenes geschehen war. Mußte man nicht glauben, er hätte gelogen? Würde die Sache, für die er gekämpft hatte, nicht dadurch gefährdet?

»Désiré soll es Ihnen selber sagen. Ich hatte die Mütze in meinem Zimmer. Ich möchte wissen, ob meine Mutter die Wahrheit gesagt hat.«

Maigret fragte es sich auch, und im gleichen Augenblick dachte er an Inspektor Cavre, den er sich gut vorstellen konnte, wie er die Mutter der sechs Kinder umgarnte.

»Wie spät ist es?«

»Zehn nach zwölf ...«

»Désiré muß noch in der Molkerei sein. Wir wollen hier entlang gehen. Der Weg ist kürzer.«

Immer wieder bog er in kleine Gassen ein. Man kam an kleinen armseligen Häusern vorbei, die Maigret nicht vermutet hatte. Einmal lief ihnen sogar ein schmutziges Schwein über den Weg.

»Eines Abends – ja, es war der Abend des Beerdigungstages, hat der alte Désiré, als er in den ›Goldenen

Löwen‹ kam, eine Mütze auf den Tisch geworfen und gefragt, wem sie gehöre. Ich habe sie sofort wiedererkannt, denn ich war dabeigewesen, als Albert sie in Niort kaufte, und wir hatten uns über die Farbe unterhalten.«

»Was sind Sie von Beruf?« fragte Maigret.

»Tischler. Der dickste von denen, die vorhin in den ›Drei Mohren‹ waren, ist mein Chef. An dem Abend, von dem ich spreche, war Désiré betrunken. Es waren mindestens sechs Personen in dem Lokal. Ich habe ihn gefragt, wo er die Mütze gefunden hat. Ich muß noch erwähnen, daß er die Milch in den kleinen Höfen des Sumpfgebietes abholt. Und da man sie nicht mit dem Wagen erreichen kann, fährt er im Boot dorthin. ›Ich habe sie im Schilf gefunden‹, hat er mir geantwortet, ›gleich neben der toten Pappel.‹ Ich wiederhole, mindestens sechs Personen haben das gehört. Alle wissen, daß die tote Pappel zwischen dem Naudschen Haus und der Stelle steht, an der man Alberts Leiche gefunden hat. Wir gehen jetzt zur Molkerei, deren Schornstein Sie schon dort links sehen können.«

Sie hatten das Dorf verlassen. Dunkle Hecken zogen sich um Gärtchen. Ein Stück weiter sah man die weißgestrichenen niedrigen Gebäude der Molkerei und den senkrecht zum Himmel aufragenden Schornstein.

»Ich weiß nicht, wieso ich auf den Gedanken gekommen bin, die Mütze in meine Tasche zu stecken. Ich spürte schon, daß zu viele Leute ein Interesse daran hatten, daß von der Affäre nicht mehr gesprochen wurde. ›Das ist die Mütze des jungen Retailleau‹, hat jemand gesagt. Und Désiré hat die Stirn gerunzelt. Obwohl er sternhagelbetrunken war, ist ihm aufgegangen, daß er sie an dieser Stelle nicht hätte finden dürfen. ›Bist du sicher, Désiré, daß sie dicht bei der toten Pappel lag?‹ – ›Warum sollte ich nicht sicher sein?‹ Nun, Herr Kommissar, am nächsten Tag wollte er nichts mehr davon wissen. Als man ihn bat, die Stelle genau zu bezeichnen, antwortete er: ›Irgendwo dort. Ich weiß es nicht genau. Man soll mich mit der Mütze in Frieden lassen.‹«

Neben den Gebäuden der Molkerei waren flache Boote festgemacht, die mit Milchkannen beladen waren.

»Sag mal, Philippe, ist der alte Désiré schon zurück?«

»Er ist noch gar nicht weggewesen. Er hat sich bestimmt gestern wieder einen angesoffen, denn er hat heute morgen seine Runde nicht gemacht.«

Maigret kam ein Gedanke.

»Glauben Sie, daß der Direktor zu dieser Zeit da ist?« fragte er Louis.

»Er muß in seinem Büro sein. Die kleine Tür an der Seite.«

»Warten Sie einen Augenblick auf mich.«

Oskar Drouhet war tatsächlich anwesend und telefonierte gerade. Maigret stellte sich vor. Der Mann hatte das Seriöse und Bestimmte von Handwerkern, die kleine Industrielle geworden sind. Während er bedächtig seine Pfeife rauchte, beobachtete er Maigret, ließ ihn sprechen und versuchte, sich ein Bild von ihm zu machen.

»Albert Retailleaus Vater war früher bei Ihnen angestellt, nicht wahr? Nach dem, was man mir gesagt hat, ist er bei einem Betriebsunfall ums Leben gekommen.«

»Ein Kessel explodierte.«

»Ich glaube zu wissen, daß Sie der Witwe eine ziemlich hohe Rente zahlen.«

Der Mann war intelligent, denn er begriff sofort, daß diese Frage einen Hintersinn hatte.

»Was wollen Sie damit sagen?«

»Hat die Witwe einen Prozeß gegen Sie angestrengt, oder haben Sie aus sich selbst . . .«

»Suchen Sie keine Geheimnisse hinter dieser Geschichte. Der Unfall ist durch meine Schuld passiert. Schon zwei Monate lang hatte mir Retailleau in den Ohren gelegen, daß der Kessel überholt, ja ersetzt werden müsse. Da wir mitten in der Sommersaison waren, verschob ich es immer wieder auf später.«

»Waren Ihre Arbeiter versichert?«

»Ja. Auf eine sehr geringe Summe.«

»Verzeihung, darf ich Sie fragen, ob Sie die Summe für zu gering gehalten haben?«

»Die Witwe hat sich beschwert, wie es ihr Recht war«, gab Oskar Drouhet zu.

»Ich bin davon überzeugt«, fuhr der Kommissar mit dem Anflug eines Lächelns fort, »daß sie nicht nur zu Ihnen gekommen ist, um Sie zu bitten, die Frage der Rente zu überprüfen. Sie hat Ihnen gewiß einen Anwalt geschickt.«

»Ist das so außergewöhnlich? Eine Frau kennt sich in solchen Sachen nicht aus. Ich habe anerkannt, daß ihre Beschwerde berechtigt war, und der von der Versicherung gezahlten Pension einen Betrag hinzugefügt, den ich aus eigener Tasche zahle. Ich habe außerdem die Ausbildung des Sohnes bezahlt und ihn dann hier angestellt. Ich bin dafür übrigens reich entschädigt worden, denn er war ein offener, arbeitsamer, kluger junger Mann, der die Molkerei in meiner Abwesenheit leiten konnte.«

»Noch eine Frage: Ist Alberts Mutter nach seinem Tod nicht noch einmal bei Ihnen gewesen?«

»Nein«, erwiderte der Direktor, »noch nicht.«

Maigret hatte sich also in Frau Retailleau nicht getäuscht. Sie war eine Frau, die sich zu verteidigen, ja die notfalls zum Angriff überzugehen wußte und die nie ihre Interessen außer acht ließ.

»Désiré, Ihr Milchabholer, scheint heute morgen nicht zur Arbeit gekommen zu sein.«

»Das kommt bei ihm öfter vor. An manchen Tagen ist er betrunkener als gewöhnlich.«

Maigret ging wieder zu dem frierenden jungen Mann hinaus, der eine schreckliche Angst hatte, man könnte ihn nicht ernst nehmen.

»Was hat er Ihnen gesagt? Er ist ein anständiger Mann, aber er gehört mehr zu dem anderen Clan.«

»Was für einem Clan?«

»Dem Nauds, des Arztes, des Bürgermeisters ... Er hat Ihnen nichts Nachteiliges über mich sagen können.«

»Aber natürlich nicht.«

»Wir müssen jetzt den alten Désiré suchen. Wir werden erst einmal in seine Wohnung gehen. Es ist nicht weit.«

Sie machten sich auf den Weg und vergaßen alle beide, daß es Essenszeit war. Am Eingang des Dorfes gingen sie um ein Haus herum, und Louis klopfte dann an eine Glastür, stieß sie auf und rief ins Halbdunkel: »Désiré ... He – Désiré!«

Nur eine Katze erschien und rieb sich an seinen Beinen, während Maigret in eine Art Höhle hineinblickte. Ein Bett ohne Laken und Kopfkissen, auf dem man gewiß angezogen schlief, ein kleiner eiserner Ofen, leere Weinflaschen, abgeknabberte Knochen.

»Er trinkt gewiß irgendwo. Kommen Sie ...«

Immer wieder die Angst, nicht ernst genommen zu werden.

»Wissen Sie, er hat früher bei Etienne Naud gearbeitet. Und obwohl man ihn hinausgeworfen hat, grollt er ihnen nicht. Er ist ein Mensch, der es mit niemandem verderben will. Deshalb hat er, als man ihn an dem Tag nach jenem Abend nach der Mütze gefragt hat, Komödie gespielt. ›Was für eine Mütze? Ach, ja, den Lappen, den ich da irgendwo aufgelesen habe. Ich weiß nicht, was aus ihr geworden ist.‹ Nun, Herr Kommissar, ich kann Ihnen versichern, daß an der Mütze Blutflecke waren, wie ich es dem Staatsanwalt geschrieben habe.«

»Sie haben also die anonymen Briefe geschrieben?«

»Ich habe jedenfalls drei geschrieben. Wenn noch andere geschrieben worden sind, dann sind die nicht von mir. Ich habe über die Mütze, die Beziehungen Alberts zu

Geneviève geschrieben ... Moment mal, Désiré ist vielleicht hier.«

Es war ein Lebensmittelladen, aber durch die Scheiben sah Maigret, daß hinten auf der Theke Flaschen standen und daneben zwei Tische, an denen man trinken konnte. Der junge Mann kam unverrichteterdinge zurück.

»Er war heute morgen in aller Frühe dort. Er ist wohl von Kneipe zu Kneipe gewandert.«

Maigret hatte nur zwei Lokale entdeckt, den ›Goldenen Löwen‹ und die ›Drei Mohren‹. In weniger als einer halben Stunde entdeckte er ein weiteres Dutzend, wenn es auch keine eigentlichen Lokale waren, sondern jeweils nur ein Ausschank, der einem im Vorübergehen nicht auffiel. Einer befand sich im Laden des Sattlers, ein anderer beim Schmied. Überall oder fast überall hatte man den alten Désiré gesehen.

»Wie war er?«

»Sehr lustig.«

Und man verstand, was das bedeutete.

»Als er von hier weggegangen ist, hatte er es sehr eilig, denn er mußte etwas auf der Post erledigen.«

»Die Post ist geschlossen«, bemerkte Louis. »Aber ich kenne das Postfräulein. Man braucht nur an ihre Scheibe zu klopfen, dann macht sie einem auf.«

»Das ist gut, denn ich muß unbedingt telefonieren«, sagte Maigret.

Und tatsächlich, als der Junge an die Scheibe geklopft hatte, öffnete sich das Fenster einen Spalt breit.

»Ach du, Louis? Was willst du?«

»Hier ist ein Herr aus Paris, der dringend telefonieren muß.«

»Ich mache sofort auf.«

Maigret ließ sich mit Naud verbinden.

»Hallo? Wer ist am Apparat?«

Er erkannte die Stimme nicht. Es war eine Männerstimme.

»Hallo? Was sagen Sie? ... Ach, Verzeihung ... Alban, ja ... Ich hatte Ihren Namen nicht verstanden ... Hier Maigret. Würden Sie Frau Naud sagen, daß ich nicht zum Mittagessen komme. Entschuldigen Sie mich bitte bei ihr ... Nein, nichts Wichtiges ... Ich weiß noch nicht, wann ich zurückkomme.«

Als er die Zelle verließ, sah er an Louis' Gesicht, daß dieser ihm etwas Interessantes mitzuteilen hatte.

»Was schulde ich Ihnen, Fräulein? ... Danke ... Verzeihen Sie die Störung.«

Auf der Straße sagte ihm Louis ganz erregt: »Ich hatte Ihnen doch gesagt, daß etwas vorgeht. Der alte Désiré war Punkt elf auf der Post. Wissen Sie, was er dort gemacht hat? Er hat fünfhundert Francs an seinen Sohn in Marokko abgeschickt. Sein Sohn ist ein übles Subjekt, von zu Hause ausgerissen. So lange er hier war, zankten und prügelten sich der Alte und er täglich. Man hat Désiré sozusagen nie anders als betrunken gesehen ... Jetzt schreibt ihm sein Sohn von Zeit zu Zeit, jammert ihm etwas vor und fordert Geld von ihm. Aber sein ganzes Geld geht beim Trinken drauf. Der Alte hat nie einen Sou. Manchmal schickt er ihm zu Anfang des Monats zwanzig oder auch nur zehn Francs. Ich frage mich ... Wenn Sie noch etwas Zeit haben, werden wir seine Schwägerin aufsuchen.«

Die Straßen, durch die er seit heute morgen immer wieder kam, begannen dem Kommissar vertraut zu werden. Er erkannte die Gesichter der Vorübergehenden und die über den Läden stehenden Namen wieder. Statt heller wurde der Himmel wieder düster. Eine ungreifbare Feuchtigkeit war in der Luft. Es war noch kein Nebel, aber bald würde er den ganzen Ort einhüllen.

»Seine Schwägerin ist Strickerin. Eine alte Jungfer, die früher beim Pfarrer in Stellung war. Hier ist es.«

Er stieg drei Stufen hinauf, klopfte an und öffnete eine blaugestrichene Tür.

»Ist Désiré nicht hier?«

Gleich darauf machte er Maigret ein Zeichen, näherzukommen.

»Tag, Désiré ... Entschuldigen Sie, Fräulein Jeanne. Dies ist ein Herr aus Paris, der kurz mit Ihrem Schwager sprechen möchte.«

In einem kleinen, sehr sauberen Zimmer war neben einem Mahagonibett, auf dem ein riesiges rotes Federbett lag, der Tisch gedeckt. An einem Kruzifix steckte ein Buchsbaumzweig. Auf der Kommode stand unter einer Glasglocke eine Heilige Jungfrau, und auf einem Teller lagen zwei Koteletts.

Désiré versuchte, sich zu erheben, aber als er merkte, daß er dabei auf den Boden schlagen konnte, blieb er würdevoll sitzen und brummte mit schwerer Zunge: »Was kann ich für Sie tun?«

Er war höflich.

»Ja, ich habe vielleicht getrunken ... Ja, ich habe vielleicht ein bißchen viel getrunken, aber, mein Herr, ich bin höflich. Jeder wird Ihnen sagen, daß Désiré zu jedermann höflich ist.«

»Hören Sie mal, Désiré, der Herr muß wissen, wo Sie die Mütze gefunden haben. Sie wissen, Alberts Mütze ...«

Diese Worte genügten. Das Gesicht des Säufers nahm einen völlig blöden Ausdruck an, und seine Augen wurden noch trüber.

»Verstehe nicht, was du meinst ...«

»Spielen Sie nicht den Dummen, Désiré. Ich habe ja selber die Mütze ... Sie erinnern sich doch an den Abend, als Sie sie bei François auf den Tisch geworfen und gesagt haben, Sie hätten sie in der Nähe der toten Pappel gefunden.«

Der Alte begnügte sich nicht damit, es zu bestreiten. Er schnitt Grimassen und tat des Guten ein wenig zu viel.

»Verstehen Sie, was er da erzählt, mein Herr? Warum sollte ich eine Mütze auf den Tisch geworfen haben?

Habe nie eine Mütze getragen ... Jeanne! Wo ist mein Hut? Zeig dem Herrn meinen Hut. Das junge Volk hat keinen Respekt vor weißem Haar.«

»Désiré ...«

»Was heißt Désiré? Désiré ist vielleicht betrunken, aber er ist höflich, und er verlangt von dir, ihn Herr Désiré zu nennen. Hast du verstanden, du Tunichtgut?«

»Haben Sie etwas von Ihrem Sohn gehört?« fiel Maigret jäh ein.

»Wieso? Was hat mein Sohn denn getan? Außerdem ist er Soldat, mein Sohn. Er ist brav, mein Sohn.«

»Natürlich. Er wird sich bestimmt freuen, wenn er die Geldanweisung erhält.«

»Habe ich vielleicht nicht das Recht, meinem Sohn Geld zu schicken? Hast du's gehört, Jeanne? Vielleicht soll ich auch nicht mehr das Recht haben, bei meiner Schwägerin zu essen?«

Anfangs hatte er vielleicht Angst gehabt, aber jetzt machte es ihm nur noch Spaß, solchen Spaß, daß er Maigret bis zur Tür schwankend folgte und sogar die Stufen hinuntergegangen wäre, wenn Jeanne ihn nicht zurückgehalten hätte.

»Er ist höflich, Désiré. Hörst du, du Tunichtgut? Und Sie, Pariser, wenn man Ihnen sagt, daß Désirés Sohn nicht brav ist ...«

Maigret machte, daß er wegkam.

Mit Tränen in den Augen und zusammengepreßten Zähnen murmelte Louis: »Ich schwöre Ihnen, Herr Kommissar ...«

»Aber ja, mein Lieber, ich glaube dir.«

»Es ist der Mann, der gestern im ›Goldenen Löwen‹ abgestiegen ist, nicht wahr?«

»Ich bin davon überzeugt. Aber ich möchte den Beweis dafür haben. Kennst du jemanden, der gestern abend im ›Goldenen Löwen‹ war?«

»Der junge Liboureau war bestimmt dort. Er geht jeden Abend hin.«

»Nun, während ich auf dich in den ›Drei Mohren‹ warte, gehst du zu ihm und fragst ihn, ob er den alten Désiré gesehen und ob der mit dem Gast aus Paris gesprochen hat. Warte ... Man kann doch wohl in den ›Drei Mohren‹ essen? Wir werden dann nachher zusammen essen. Mach schnell!«

Die Bestecke waren aus Blech, und es gab nur rote Rüben, Kaninchen und ein Stück Käse von einem häßlichen Weiß.

Als Louis zurückkam, war es ihm dennoch peinlich, sich an den Tisch des Kommissars zu setzen.

»Na und?«

»Désiré war gestern im ›Goldenen Löwen‹.«

»Hat er mit Cadavre gesprochen?«

»Mit wem?«

»Ach, das ist nur sein Spitzname. Hat er mit ihm gesprochen?«

»So ist es nicht vor sich gegangen. Der, den Sie Ca ...«

»Sein richtiger Name ist Justin Cavre.«

»Herr Cavre hat, wie mir Liboureau sagte, einen guten Teil des Abends dort gesessen und den Kartenspielern zugesehen, ohne etwas zu sagen. Désiré trank in seiner Ecke. Er ist gegen zehn Uhr gegangen, und ein paar Minuten später hat Liboureau gemerkt, daß der Pariser nicht mehr da war. Aber er weiß nicht, ob er auf die Straße oder nach oben gegangen ist.«

»Er ist auf die Straße gegangen.«

»Was werden Sie jetzt tun?«

Stolz darauf, der Mitarbeiter des Kommissars zu sein, brannte er darauf, zu handeln.

»Wer hat eine große Geldsumme bei Frau Retailleau gesehen?«

»Der Briefträger ... Josaphat. Auch einer, der säuft. Man nennt ihn Josaphat. Als seine Frau gestorben ist, hat er sich noch mehr als sonst betrunken und weinend immer wieder gesagt: ›Leb wohl, Céline. Wir sehen uns beide im Tal des Josaphat wieder. Du kannst dich darauf verlassen.‹«

»Was möchten Sie zum Nachtisch essen?« fragte die Wirtin, die anscheinend den ganzen Tag eines ihrer Kinder auf dem Arm hatte und ihre Arbeit mit einer Hand verrichtete. »Ich habe Kuchen und Äpfel.«

»Wähle«, sagte Maigret.

Und Louis errötend: »Das ist mir gleich. Kuchen . . . Ja, und das ist so gekommen: Vielleicht zehn oder zwölf Stunden nach Alberts Beerdigung mußte der Briefträger bei Frau Retailleau Geld kassieren. Sie war mit ihrer Hausarbeit beschäftigt. Sie hat in ihrem Portemonnaie gesucht, aber es fehlten ihr fünfzig Francs. Daraufhin ist sie zu der Suppenterrine gegangen, die auf der Kommode steht. Sie ist Ihnen gewiß aufgefallen, eine Suppenterrine mit blauen Blumen. Sie hat sich so davor gestellt, daß Josaphat nicht sehen konnte, was sie tat. Aber an dem Abend hat er geschworen, er habe mindestens zehn Tausendfrancscheine, vielleicht noch mehr, gesehen. Jedermann weiß jedoch, daß Frau Retailleau nie soviel Geld besessen hat. Albert gab alles aus, was er verdiente.«

»Wofür?«

»Er war eitel, was ja kein Verbrechen ist. Er zog sich gern gut an und ließ seine Anzüge in Niort machen. Außerdem spendierte er oft was zu trinken. Er hat seiner Mutter gesagt, als sie eine Rente bekam . . .«

»Zankten sie sich?«

»Manchmal. Albert war sehr selbständig. Seine Mutter hätte ihn gern wie einen kleinen Jungen behandelt. Wenn er auf sie gehört hätte, wäre er abends nie ausgegangen. Meine Mutter ist genau das Gegenteil. Sie will mich möglichst wenig zu Hause sehen.«

»Wo kann man Josaphat finden?«

»Um diese Zeit muß er zu Hause sein, oder aber er kommt bald von seinem ersten Gang zurück. In einer halben Stunde wird er am Bahnhof sein, um die Postsäcke abzuholen.«

»Bringen Sie uns bitte einen Schnaps!« sagte er zur Wirtin.

Durch die Gardine betrachtete Maigret die Fenster gegenüber und malte sich aus, daß Cadavre, der jetzt sicherlich auch zu Mittag aß, das gleiche tat. Aber schon gleich darauf mußte er feststellen, daß er sich geirrt hatte, denn ein Auto kam hupend angefahren und hielt drüben. Cavre entstieg ihm mit seiner Aktentasche unterm Arm und beugte sich zu dem Chauffeur herab, um ihn zu bezahlen.

»Wem gehört dieser Wagen?«

»Dem Mann von der Tankstelle. Wir sind vorhin dort vorbeigekommen. Er macht gelegentlich Fahrten, wenn ein Kranker ins Krankenhaus gebracht werden muß oder wenn jemand schnell irgendwohin will.«

Das Auto wendete.

»Er fährt jetzt bestimmt wieder nach Hause.«

»Stehst du gut mit ihm?«

»Er ist ein Freund meines Chefs.«

»Dann geh zu ihm und frag ihn, wohin er mit seinem Fahrgast heute morgen gefahren ist.«

Knapp fünf Minuten später kam Louis zurück.

»Er war in Fontenay-le-Comte. Es sind genau zweiundzwanzig Kilometer bis dorthin.«

»Hast du ihn gefragt, wo er dort war?«

»Man hat ihm gesagt, er sollte vor dem ›Café du Commerce‹ in der Rue de la République halten. Der Pariser ist hineingegangen, dann mit jemandem herausgekommen. Er hat dem Chauffeur gesagt, er sollte auf ihn warten.«

»Weißt du nicht, wer sein Begleiter war?«

»Der Mann von der Tankstelle kennt ihn nicht. Sie sind

eine halbe Stunde weggeblieben. Dann hat der Pariser sich zurückfahren lassen. Er hat nur fünf Francs Trinkgeld gegeben.«

War Etienne Naud nicht auch nach Fontenay-le-Comte gefahren?

»Nun, dann laß uns mal zu Josaphat gehen.«

Er war schon nicht mehr zu Hause. Sie trafen ihn am Bahnhof, wo er auf den Zug wartete. Als er die beiden kommen sah, machte er ein ärgerliches Gesicht und stürzte in das Büro des Bahnhofsvorstehers, als hätte er dort etwas Dringendes zu tun.

Aber die beiden ließen sich nicht abwimmeln.

»Josaphat!« rief Louis.

»Was willst du? Ich habe keine Zeit.«

»Hier ist jemand, der dich sprechen möchte.«

»Wer? Ich bin im Dienst, und wenn ich im Dienst bin . . .«

Maigret hatte große Mühe, ihn zu bewegen, bis ans Ende des Bahnsteigs mitzukommen.

»Ich möchte nur eine Auskunft von Ihnen.«

Man spürte, daß der Briefträger auf der Hut war. Er tat so, als horchte er auf den Zug, aber zugleich warf er Louis, der ihn in eine solche Lage brachte, einen wütenden Blick zu. Maigret wußte bereits, daß er nichts erfahren würde und daß sein Kollege Cavre schon bei ihm gewesen war.

»Beeilen Sie sich, ich höre den Zug.«

»Sie haben vor etwa vierzehn Tagen bei Frau Retailleau Geld kassieren müssen.«

»Ich bin nicht berechtigt, über dienstliche Angelegenheiten zu sprechen.«

»Trotzdem haben Sie am gleichen Abend darüber gesprochen.«

»Vor mir!« fiel der Junge ein. »Avrard, Lhériteau und der kleine Croman waren dabei.«

Der Briefträger trat von einem Bein auf das andere und setzte eine zugleich blöde und dreiste Miene auf.

»Mit welchem Recht fragen Sie mich?«

»Man kann dir doch wohl noch eine Frage stellen. Bist du vielleicht der Papst?«

»Und wenn ich von diesem Mann, der schon seit heute morgen im Ort herumstreicht, seinen Ausweis verlangte?«

Maigret machte schon kehrt, da er merkte, daß es keinen Sinn hatte, weiter in ihn zu dringen. Aber Louis, den so viel Mißtrauen empörte, wurde wütend: »Willst du vielleicht behaupten, daß du nichts von den Tausendfrancsscheinen, die in der Suppenterrine waren, gesagt hast?«

»Warum sollte ich das nicht? Würdest du mich vielleicht daran hindern?«

»Du hast davon gesprochen. Die anderen werden es bestätigen. Du hast sogar gesagt, daß die Scheine mit einer Nadel zusammengesteckt waren.«

Der Briefträger zuckte nur mit den Schultern und entfernte sich. Diesmal kam der Zug wirklich, und er stellte sich an die Stelle, wo der Postwagen immer hielt.

»Lump!« murmelte Louis. »Sie haben gehört, was er gesagt hat, nicht wahr? Und dennoch können Sie mir glauben. Was für ein Interesse sollte ich daran haben, zu lügen? Ich wußte genau, daß es so kommen würde.«

»Warum?«

»Weil es immer das gleiche ist, wenn es sich um sie handelt.«

»Um wen?«

»Um alle. Ich weiß nicht, wie ich es Ihnen erklären soll. Sie halten zusammen. Sie sind mit Präfekten, Generälen, Richtern verwandt oder befreundet. Ich weiß nicht, ob Sie verstehen, was ich damit sagen will. Und darum haben die Leute Angst vor ihnen. Sie schwatzen manchmal abends, wenn sie ein Glas zuviel getrunken haben, aber am nächsten Tag bereuen sie es schon. Was werden Sie nun machen? Sie werden doch nicht nach Paris zurückfahren?«

»Nein, mein Lieber. Warum?«

»Ich weiß es nicht. Der andere scheint ...«

Der Junge biß sich noch zur Zeit auf die Zunge. Er hatte bestimmt sagen wollen: *Der andere scheint viel stärker zu sein als Sie.*

Und das stimmte. In dem Nebel, der sich auf das Dorf legte, glaubte Maigret das bleiche Gesicht Cavres zu sehen, seine schmalen Lippen, die sich zu einem hämischen Lächeln verzogen.

»Wird dein Chef nichts sagen, daß du so lange wegbleibst?«

»Ach, nein, so ist er nicht. Wenn er uns helfen könnte, Beweise zu finden, daß der arme Albert ermordet worden ist, würde er es tun, das kann ich Ihnen versichern.«

Maigret zuckte zusammen, als er hinter sich eine Stimme hörte: »Wo geht es hier bitte zum ›Goldenen Löwen‹?«

Der Bahnbeamte, der am Ausgang stand, deutete auf die Straße, die hundert Meter weiter begann.

»Immer geradeaus. Sie sehen ihn dann auf der linken Seite.«

Ein kleiner geschniegelter fetter Mann, der einen schweren Koffer schleppte, spähte nach einem Gepäckträger aus. Doch den gab es nicht. Vergeblich musterte ihn der Kommissar von Kopf bis Fuß. Er kannte ihn nicht.

5

Ehe Louis im Nebel verschwand, sagte er:

»Wenn Sie mich brauchen, ich bin den ganzen Abend in den ›Drei Mohren‹.«

Es war fünf Uhr und bereits dunkel. Maigret mußte die ganze Hauptstraße von St. Aubin bis zum Bahnhof hinaufgehen, um den Weg zu finden, auf dem er zu den Nauds kam. Louis hatte sich erboten, ihn zu führen, aber alles hat seine Grenze. Maigret hatte es allmählich satt, gleichsam von dem jungen Mann an der Hand geführt zu werden.

Als sie sich trennten, hatte Louis in vorwurfsvollem und zugleich ein wenig sentimentalem Ton gesagt: »Diese Leute (er meinte damit natürlich die Nauds) werden mit Ihnen schön tun, und Sie werden schließlich alles glauben, was sie Ihnen erzählen.«

Die Hände in den Taschen und den Mantelkragen hochgeschlagen, ging Maigret vorsichtig auf den hellen Lichtschein zu, der durch den Nebel strahlte. Aber plötzlich stieß er fast gegen das Schaufenster des Ladens, an dem er an diesem Tag wohl schon zwanzigmal vorübergekommen war.

Ein Stück weiter, im schwärzesten Dunkel, blieb er an etwas Hartem hängen und tastete eine Weile in die Finsternis, ehe er merkte, daß er zwischen die Wagen gelaufen war, die mit hochstehenden Deichseln vor der Werkstatt des Stellmachers standen.

Plötzlich erklangen genau über seinem Kopf Glocken. Er kam an der Kirche vorüber. Das Postamt mit seinem winzigen Schalter befand sich rechts, gegenüber das Haus des Arztes.

Der ›Goldene Löwe‹ auf der einen und die ›Drei Mohren‹ auf der anderen Seite. Es war seltsam: Überall, wo man ein Licht sah, lebten Menschen.

St. Aubin war nicht groß. In dieser Miniaturwelt hatte Albert Retailleau gelebt. Seine Mutter hatte ihr ganzes Leben hier verbracht. Nur wenn sie in den Ferien nach Sables-de-Olonne fuhr, verließ auch Geneviève Naud sozusagen nie den Ort.

Sich behutsam weitertastend, ging er jetzt am Kanal

entlang auf die Lampe zu, die am Naudschen Haus brannte, stieg die Stufen hinauf, suchte nach der Klingel und merkte, daß die Tür nur angelehnt war.

Er ging absichtlich laut hinein, damit man hörte, daß er da war. Trotzdem wurde der monotone Monolog, den man aus dem Salon links vernahm, nicht unterbrochen. Er legte seinen feuchten Mantel und seinen Hut ab, trat seine Füße auf der Matte ab und klopfte.

»Herein ... Geneviève, öffne die Tür!«

Aber er hatte sie schon geöffnet und sah in dem Salon, in dem nur eine Lampe brannte, Frau Naud, die am Kamin saß und nähte, eine Greisin, die ihr gegenübersaß, und ein junges Mädchen, das auf ihn zukam.

»Entschuldigen Sie bitte, daß ich Sie störe.«

Das junge Mädchen blickte ihn beklommen an, da sie noch nicht wußte, ob er sie nicht verraten würde. Er verbeugte sich nur vor ihr.

»Meine Tochter, Herr Kommissar ... Sie ist wieder wohlauf und wollte Sie kennenlernen. Gestatten Sie, daß ich Sie meiner Mutter vorstelle ...«

Das war also diese Clementine Bréjon, geborene La Noue, die alle vertraulich Tine nannten. Sie war klein und lebhaft und fragte mit einer seltsam hohen Stimme: »Nun, Herr Kommissar, haben Sie unser armes Saint Aubin genügend beunruhigt? Zehnmal, was sage ich, noch viel öfter habe ich Sie an meinem Fenster vorbeigehen sehen. Und heute nachmittag habe ich festgestellt, daß Sie einen Führer gefunden haben. »Weißt du, Luise, wer das ist?«

Luise Naud, die längst nicht so lebhaft war wie ihre Mutter und deren Gesicht viel schmaler und blasser war, beugte sich immer noch über ihre Näharbeit, schüttelte den Kopf und lächelte nur leise.

»Der Sohn von Fillou. Das mußte ja so kommen. Er hat ihm bestimmt aufgelauert. Sicherlich hat er Ihnen schöne Geschichten erzählt, Herr Kommissar.«

»O nein. Er hat mich nur zu diesem oder jenem geführt, den ich sprechen wollte und den ich ohne ihn nur schwer gefunden hätte. Die Bewohner dieses Ortes sind im allgemeinen nicht besonders redselig.«

Das junge Mädchen hatte sich wieder gesetzt und starrte Maigret wie hypnotisiert an. Was Frau Naud betraf, so sah sie hin und wieder von ihrer Arbeit auf und warf ihrer Tochter einen verstohlenen Blick zu.

Es war in diesem Salon alles wie am Tag zuvor, und dennoch wirkte er durch die alte Frau wie verwandelt.

»Ich bin schon alt, Herr Kommissar, und habe eine ähnliche, aber viel ernstere Affäre erlebt, die beinahe die schlimmsten Verheerungen in Saint Aubin angerichtet hätte. Damals gab es hier noch eine Holzschuhfabrik, die etwa fünfzig Arbeiter und Arbeiterinnen beschäftigte. Es war die Zeit, da in ganz Frankreich dauernd gestreikt wurde und die Arbeiter wegen jeder Kleinigkeit demonstrierten.«

Frau Naud hatte den Kopf erhoben, um zuzuhören, und Maigret las eine mühsam unterdrückte Angst in ihrem schmalen Gesicht, das genau dem des Richters Bréjon ähnelte.

»Einer der Arbeiter der Holzschuhfabrik hieß Fillou. Er war kein schlechter Mensch, aber er trank gern etwas zuviel. Eines Tages kam er zu seinem Chef, um sich über irgend etwas zu beschweren. Kurz darauf öffnete sich die Tür, und man sah Fillou, wie von einem Katapult geschleudert, rückwärts durch die Luft fliegen und in den Kanal stürzen.«

»War das der Vater meines Louis?« fragte Maigret.

»Ja, sein Vater. Er ist schon eine ganze Zeit tot. Damals mußte man für oder gegen den Chef sein. Auf der einen Seite behauptete man, Fillou habe sich in seiner Trunkenheit wie ein Besessener benommen, und der Fabrikant sei gezwungen gewesen, ihn gewaltsam hinauszuwerfen. Auf der anderen hieß es, die Schuld träfe allein den Chef. Er habe scheußliche Worte gebraucht: ›Ich kann nichts dafür, wenn Sie sich samstags abends vollsaufen und dann Kinder zeugen.‹«

»Fillou ist tot, haben Sie gesagt?«

»Ja, er ist vor zwei Jahren gestorben. An Magenkrebs.«

»Hatte er in der Zeit, von der Sie sprachen, viele Anhänger?«

»Es waren nicht viele für ihn, aber das waren die Verbissensten. Jeden Morgen fanden manche Leute an ihrer Tür mit Kreide geschriebene Drohungen.«

»Inwiefern meinen Sie, daß die beiden Affären sich ähneln?«

»Ich wollte nur sagen, in kleinen Orten gibt es immer einen Fall Fillou oder einen Fall Retailleau, weil das Leben sonst zu monoton wäre. Es gibt auch immer eine kleine Gruppe, die die Lunte ans Pulverfaß legt . . .«

»Wie ist die Affäre Fillou ausgegangen?«

»Sie ist natürlich totgeschwiegen worden.«

Natürlich, totgeschwiegen, dachte Maigret. *Die kleine Gruppe von Fanatikern mag sich noch so erregen, das Schweigen ist stärker.* Und auch er war heute den ganzen Tag auf Schweigen gestoßen.

Seit er hier in dem Salon saß, ging übrigens etwas Merkwürdiges in ihm vor, das ihm ein gewisses Unbehagen verursachte.

Von morgens bis abends war er verstimmt mit Louis durch die Straßen gelaufen, der etwas von seiner Besessenheit auf ihn übertragen hatte.

»So ist die nun mal«, hatte Louis gesagt.

Und er hatte damit jene Gruppe gemeint, die keine Geschichten wollte, die so tat, als sei alles in Ordnung, und man lebte in der besten aller Welten.

Im Grunde hatte Maigret für den kleinen Kreis der Empörer Partei genommen. Er hatte mit ihnen in den ›Drei Mohren‹ getrunken, hatte die Nauds verleugnet, indem er behauptete, er stehe nicht in ihren Diensten. Ja, er hätte dem Jungen, als der an ihm zweifelte, fast sein Ehrenwort gegeben.

Und dennoch hatte Louis sich nicht getäuscht, als er, ehe er sich von dem Kommissar trennte, ihn argwöhnisch angeblickt hatte. Er spürte dunkel, was geschehen würde, wenn Maigret wieder der Gast des Feindes war. Darum hatte er ihn durchaus bis zu dem Haus begleiten wollen, um ihn gegen jede Schwäche zu wappnen.

»Wenn Sie mich brauchen, ich bin den ganzen Abend in den ›Drei Mohren‹.«

Er wartete vergeblich. Maigret schämte sich fast in diesem behaglichen Salon, daß er in Begleitung eines Jungen durch die Straßen gelaufen war und sich von allen Leuten, die er ausfragen wollte, hatte anfahren lassen.

An der Wand hing ein Porträt, das Maigret am Abend zuvor nicht aufgefallen war, ein Porträt des Untersuchungsrichters Bréjon, der den Kommissar anzublicken schien, als wollte er sagen: *Vergessen Sie nicht den Auftrag, den ich Ihnen gegeben habe.*

Gleich darauf fiel sein Blick auf die Finger Luise Nauds, die nähte, und ihre Nervosität frappierte ihn. Ihr Gesicht war zwar fast heiter, aber ihre Finger verrieten eine fast panische Angst.

»Was halten Sie von unserem Arzt?« fragte die geschwätzige alte Dame. »Ein Original, nicht wahr? In Paris glaubt man immer, daß es auf dem Lande keine interessanten Persönlichkeiten gibt. Wenn Sie nur zwei Monate hier blieben ... Sag mal, Luise, wo bleibt denn dein Mann?«

»Er hat vorhin angerufen, daß er erst spät nach Hause kommt. Er ist nach La Roche-sûr-Yon gerufen worden. Er hat mich gebeten, ihn zu entschuldigen, Herr Kommissar.«

»Ich muß mich bei Ihnen entschuldigen, daß ich nicht zum Mittagessen erschienen bin.«

»Nun, Kinder, für mich ist es jetzt Zeit zu gehen.«

»Aber bleib doch zum Essen, Mama. Etienne bringt dich dann im Wagen nach Hause.«

»Nein, nein, meine Liebe. Ich brauche nicht im Wagen nach Hause gefahren zu werden.«

Man half ihr, die Bänder der kleinen schwarzen Haube, die sie sich kokett auf den Kopf gesetzt hatte, zuzubinden und die Gummischuhe anzuziehen.

»Soll ich nicht anspannen lassen?«

»Das kannst du am Tag meiner Beerdigung tun. Auf Wiedersehen, Herr Kommissar. Wenn Sie noch einmal an meinen Fenstern vorbeikommen, sagen Sie mir doch guten Tag. Gute Nacht, Luise. Gute Nacht, Geneviève.«

Und nachdem sich die Tür hinter ihr geschlossen hatte, spürte man plötzlich eine große Leere. Maigret begriff erst jetzt, warum man versucht hatte, die alte Tine festzuhalten. Nun verbreitete sich ein bedrückendes Schweigen, und es war, als schliche die Angst durch den Raum. Luise Nauds Finger nähten immer schneller, während das junge Mädchen nach einer Entschuldigung suchte, um aus der Falle herauszukommen, sich aber nicht davonzumachen wagte.

War es nicht erschütternd, daß Geneviève von Albert Retailleau, den man eines Morgens verstümmelt auf dem Bahndamm gefunden hatte, ein Kind unter dem Herzen trug? Als Maigret sich dem jungen Mädchen zuwandte, blickte sie nicht weg, sondern blieb im Gegenteil aufrecht sitzen und bot ihm ihr ganzes Gesicht dar, als wollte sie sagen: *Nein, Sie haben nicht geträumt. Ich war in der letzten Nacht in Ihrem Zimmer, und ich bin keine Schlafwandlerin. Was ich Ihnen gesagt habe, ist die Wahrheit. Sie sehen, ich erröte nicht. Ich bin nicht wahnsinnig. Albert war mein Geliebter, und ich erwarte ein Kind von ihm.*

Und so war der Sohn jener Frau Retailleau, die beim Tode ihres Mannes so gut ihre Rechte verteidigt hatte, Louis' junger leidenschaftlicher Freund, bei Nacht in dieses Haus gekommen, ohne daß die Eltern davon eine Ahnung hatten. Geneviève hatte ihn in ihrem Zimmer, dem letzten im rechten Flügel, empfangen.

»Wenn die Damen nichts dagegen haben, würde ich gern einen kleinen Gang auf den Hof und in die Ställe machen.«

»Darf ich Sie begleiten?«

»Du wirst dich erkälten, Geneviève.«

»Aber nein, Mama. Ich ziehe einen Mantel an.«

Sie holte aus der Küche eine brennende Stallaterne. Maigret half ihr im Flur in den Mantel.

»Was wollen Sie sehen?« fragte sie leise.

»Gehen wir erst einmal auf den Hof.«

»Wir können hier entlang gehen. Man braucht nicht ums Haus herum. Aber achten Sie auf die Stufen.«

In den Ställen, deren Türen offen standen, brannte Licht, aber man konnte nichts sehen, weil der Nebel so dicht war.

»Ihr Zimmer ist doch das, das sich genau über uns befindet, nicht wahr?«

»Ja. Ich verstehe, was Sie sagen wollen. Er kam natürlich nicht durch die Haustür. Sehen Sie die Leiter dort? Sie steht immer an dem gleichen Platz. Er brauchte sie nur drei Meter weiterzuschieben.«

»Wo ist das Schlafzimmer Ihrer Eltern?«

»Drei Fenster weiter.«

»Und die beiden anderen Fenster?«

»Das eine ist das Gastzimmer, in dem Alban in der letzten Nacht geschlafen hat. Das andere ist ein Zimmer, das nicht mehr benutzt wird, seit meine Schwester tot ist. Nur Mama hat einen Schlüssel.«

Sie fror, bemühte sich aber, es sich nicht anmerken zu

lassen, damit es nicht so aussah, als wollte sie das Gespräch beenden.

»Haben Ihre Eltern nie einen Verdacht gehabt?«

»Nein.«

»War Albert schon längere Zeit Ihr Geliebter?«

Sie brauchte nicht lange in ihrem Gedächtnis zu kramen.

»Dreieinhalb Monate.«

»Wußte Retailleau, daß Sie ein Kind erwarten?«

»Ja.«

»Was hatte er vor?«

»Er wollte alles meinen Eltern gestehen und mich heiraten.«

»Warum war er am letzten Abend wütend?«

Maigret blickte sie fest an, wenn er auch in dem Nebel ihr Gesicht nicht sehen konnte. Das Schweigen, das folgte, verriet ihm, wie betroffen das junge Mädchen von der Frage war.

»Ich habe Sie gefragt . . .«

»Ich habe die Frage verstanden.«

»Nun und?«

»Ich begreife nicht. Warum sagen Sie, daß er wütend war?« Ihre Hände zitterten wie die ihrer Mutter. Die Laterne schwankte hin und her.

»Hat sich an jenem Abend etwas Besonderes zwischen Ihnen ereignet?«

»Nein, nichts.«

»Hat Albert wie gewöhnlich das Haus durch das Fenster verlassen?«

»Ja. Der Mond schien. Ich habe gesehen, wie er hinten im Hof über die kleine Mauer stieg und dann weiterging.«

»Wie spät war es?«

»Vielleicht halb eins.«

»Blieb er immer so kurz?«

»Wie meinen Sie das?«

Sie versuchte Zeit zu gewinnen. Hinter einem Fenster nicht weit von ihnen sah man die alte Köchin hin und her gehen.

»Er ist gegen Mitternacht gekommen, und ich nehme an, er ist sonst nicht so schnell wieder gegangen. Hatten Sie sich gezankt?«

»Warum sollten wir uns gezankt haben?«

»Ich weiß es nicht. Ich frage Sie.«

»Nein.«

»Wann sollte er mit Ihren Eltern sprechen?«

»Bald. Wir warteten nur auf eine Gelegenheit.«

»Denken Sie gut nach. Sind Sie sicher, daß Sie in jener Nacht im Haus kein Licht gesehen haben? Haben Sie kein Geräusch gehört? Hat niemand im Hof auf der Lauer gelegen?«

»Ich habe nichts gesehen. Ich schwöre Ihnen, Herr Kommissar, daß ich nichts weiß. Sie glauben mir vielleicht nicht, aber es ist die Wahrheit. Niemals, hören Sie, werde ich meinem Vater gestehen, was ich Ihnen in der letzten Nacht gesagt habe. Ich werde weggehen. Ich weiß noch nicht, was ich tun werde . . .«

»Warum haben Sie es mir gesagt?«

»Ich weiß es nicht. Ich hatte Angst. Ich glaubte, Sie würden alles aufdecken und alles meinen Eltern sagen.«

»Wollen wir wieder 'reingehen? Sie zittern ja vor Kälte.«

»Werden Sie nichts verraten?«

Er wußte nicht, was er darauf antworten sollte. Er wollte sich nicht durch ein Versprechen binden, und so murmelte er nur: »Haben Sie Vertrauen.«

Gehörte er nun auch zu der Gruppe, von der Louis gesprochen hatte? Jetzt verstand er es erst richtig. Albert Retailleau war tot und begraben. Und in St. Aubin gab es eine Anzahl von Menschen, die meisten sogar, die fanden, daß es das Klügste sei, nicht mehr davon zu sprechen. Der junge Mann wäre doch davon nicht lebendig geworden. Auch Retailleaus Mutter, die nicht verstanden zu haben schien, warum man eine Untersuchung einleitete, gehörte zu der Gruppe.

Und diejenigen, die anfangs nicht so dachten, hatten einer nach dem anderen ihre Meinung geändert. Désiré wollte nichts mehr davon wissen, daß er die Mütze gefunden hatte. Was für eine Mütze? Er hatte Geld, um zu trinken, soviel er mochte, und um seinem mißratenen Sohn fünfhundert Francs zu schicken.

Josaphat, der Briefträger, erinnerte sich nicht an die Tausendfrancscheine in der Suppenterrine.

Etienne Naud war es unangenehm, daß sein Schwager die Idee gehabt hatte, ihm einen Mann wie Maigret zu schicken, der es sich offensichtlich in den Kopf gesetzt hatte, die Wahrheit herauszufinden.

Welche Wahrheit? Und wem würde diese Wahrheit nützen?

Nur die kleine Gruppe in den ›Drei Mohren‹, der Tischler, der Fuhrmann, Louis Fillou, dessen Vater schon ein Dickschädel gewesen war, hielt nicht den Mund.

»Haben Sie keinen Hunger, Herr Kommissar?« fragte Frau Naud, als Maigret wieder in den Salon kam. »Wo ist meine Tochter?«

»Ich glaube, sie ist für einen Augenblick in ihr Zimmer hinaufgegangen.«

Und dann begann eine wirklich tragische Viertelstunde. Sie waren noch zu zweit in dem altmodischen überheizten Salon, wo manchmal ein Scheit aus dem Kamin auf den Boden fiel und Funken aufstoben. Die einzige brennende Lampe hatte einen rosa Schirm, und ihr Schein dämpfte alle Farben. Man hörte keinen Laut. Nur bisweilen drang eines der vertrauten Küchengeräusche herein, das Aufschütten eines Ofens, das Klappern eines Topfes oder Tellers. Luise Naud hätte sich gern etwas von der Seele gesprochen, das war ihrer Haltung nur allzu deutlich anzumerken. Ein Dämon drängte sie zu sagen ... Was zu sagen? Sie litt. Hin und wieder öffnete sie entschlossen den Mund, und Maigret hatte Angst vor den Worten, die über diese Lippen kommen würden. Aber sie blieb stumm. Ihre Schultern zuckten eine Sekunde lang, dann nähte sie weiter.

Wußte sie, daß zwischen ihrer Tochter und Retailleau –

»Erlauben Sie, daß ich rauche?«

Sie fuhr zusammen. Vielleicht hatte sie befürchtet, er würde etwas anderes sagen, und sie murmelte: »Aber ich bitte Sie, Sie sind hier zu Hause.« Dann reckte sie sich auf und spitzte die Ohren. »Mein Gott!«

Mein Gott, was? Worauf sie wartete, war die Rückkehr ihres Mannes, das Erscheinen eines Menschen, der der Qual dieses Tête-à-Tête ein Ende machen würde. Und da bekam Maigret Gewissensbisse. Es hinderte ihn doch nichts, aufzustehen und zu sagen: *Ich glaube, es war ein Fehler von Ihrem Bruder, daß er mich bat, herzukommen. Ich habe hier nichts zu tun. Diese Geschichte geht mich nichts an, und wenn Sie gestatten, werde ich mit dem nächsten Zug nach Paris zurückkehren.*

Er sah wieder das blasse Gesicht von Louis vor sich, seine glühenden Augen, seinen spöttischen Mund.

Aber vor allem sah er Cavre vor sich, mit seiner Aktentasche unterm Arm – Cavre, dem der Zufall nach so vielen Jahren endlich die Gelegenheit gab, über seinen ehemaligen Vorgesetzten, den er haßte, zu triumphieren. Denn Cavre haßte ihn. Er haßte zwar alle, aber besonders Maigret. Maigret, der alles erreicht hatte, was ihm selber versagt geblieben war.

Was mochte er seit gestern abend unternommen haben, seit sie zusammen aus dem Zug gestiegen waren und Naud ihn zunächst für Maigret gehalten hatte?

Wo war die Uhr, deren Ticken man hörte? Maigret spähte nach ihr aus. Ihm war äußerst unbehaglich zumute.

Noch fünf Minuten, und diese arme Frau wird die Ner-

ven verlieren. Sie wird mir die Wahrheit ins Gesicht schreien. Sie kann nicht mehr. Sie ist am Ende.

Es würde genügen, ihr eine genaue Frage zu stellen. Nein, er würde sich nur vor sie stellen und sie forschend anblicken müssen. Konnte sie dem widerstehen?

Aber er schwieg und ergriff sogar, um sie zu beruhigen, eine Zeitschrift, die auf einem kleinen Tisch lag. Es war ein Handarbeitsheft.

Wie im Wartezimmer eines Zahnarztes, wo man Dinge liest, die man woanders nie lesen würde, blätterte Maigret die Seiten um und betrachtete aufmerksam die rosa und blauen Illustrationen, ohne daß das unsichtbare Band, das ihn mit seiner Gastgeberin verband, sich auch nur einen Augenblick lockerte.

Es war das Mädchen, das ihnen beiden zu Hilfe kam, ein junges Mädchen vom Lande, dessen schwarzes Kleid und weiße Schürze die groben, unregelmäßigen Gesichtszüge noch mehr hervorhoben.

»Ach, Verzeihung! Ich wußte nicht, daß jemand . . .«

»Was ist, Marthe?«

»Ich wollte fragen, ob ich den Tisch decken oder damit warten soll, bis Herr Naud wieder da ist.«

»Decken Sie den Tisch.«

»Kommt Herr Alban zum Abendessen?«

»Ich weiß es nicht. Aber decken Sie ruhig für ihn mit.«

Welche Erleichterung, alltägliche Worte zu sagen, von einfachen und beruhigenden Dingen zu reden! Sie klammerte sich an Alban.

»Er hat mit uns zu Mittag gegessen. Er hat Ihren Telefonanruf angenommen. Er ist so allein, und wir betrachten ihn schon fast als zum Haus gehörig. Entschuldigen Sie mich einen Augenblick. Eine Hausfrau, wissen Sie, muß immer in der Küche nach dem Rechten sehen. Ich werde meiner Tochter sagen, sie soll Ihnen inzwischen Gesellschaft leisten.«

»Ach, bitte, lassen Sie das.«

»Übrigens ...« Sie spitzte die Ohren. »Ja – da kommt mein Mann zurück.«

Draußen hielt ein Auto, der Motor lief weiter. Man hörte Stimmen, und Maigret fragte sich, ob Naud jemanden mitbrachte, aber er gab nur einem Mädchen Anweisungen, das ihm entgegengeeilt war.

Naud stieß die Salontür auf, noch ehe er seinen Ledermantel ausgezogen hatte, und er blickte die beiden, die er zu seinem Erstaunen hier allein vorfand, beklommen an.

»Ach – Sie sind ...«

»Ich sagte gerade dem Herrn Kommissar, daß ich ihn einen Augenblick allein lassen muß, um in der Küche nach dem Rechten zu sehen.«

»Verzeihen Sie, Herr Kommissar, daß ich erst jetzt komme. Ich bin in der Landwirtschaftskommission und hatte vergessen, daß wir heute eine wichtige Versammlung hatten.«

Er mußte niesen, goß sich ein Glas Portwein ein und versuchte immer noch zu erraten, was in seiner Abwesenheit vorgegangen sein mochte.

»Nun, haben Sie gute Arbeit geleistet? Man hat mir am Telefon gesagt, Sie hätten nicht die Zeit gehabt, zum Mittagessen herzukommen.«

Auch er fürchtete sich vor dem Alleinsein mit Maigret. Er blickte die Sessel an, als ärgerte es ihn, daß niemand auf ihnen saß.

»Ist Alban nicht gekommen?« fragte er mit gespielt guter Laune zum Eßzimmer gewandt, dessen Tür offen geblieben war.

Und seine Frau rief aus der Küche: »Er hat mit uns zu Mittag gegessen. Er hat nicht gesagt, ob er heute abend wiederkommt.«

»Geneviève?«

»Sie ist in ihr Zimmer hinaufgegangen.«

Er wagte nicht, sich zu setzen. Maigret verstand seine Beklommenheit und teilte sie fast. Sie brauchten einander, um sich stark zu fühlen oder auch nur, um nicht zu zittern. Sie mußten im vertrauten Kreis dicht beieinander sitzen. Man half sich gegenseitig, man sagte banale Sätze, die sich auseinander ergaben und alle düsteren Gedanken einlullten.

»Ein Glas Portwein?«

»Ich habe gerade eines getrunken.«

»Nun, dann trinken Sie noch ein zweites. Erzählen Sie mir, was Sie getan haben, oder vielmehr ... Es ist wohl indiskret von mir ...«

»Die Mütze ist verschwunden«, sagte Maigret und starrte auf den Teppich.

»Ach, wirklich? Die berühmte Mütze, die beweisen soll ... Und wo war sie denn? Denken Sie, ich habe mich immer gefragt, ob sie wirklich existierte.«

»Ein gewisser Louis Fillou behauptet, sie habe in einem Schubfach seiner Kommode gelegen.«

»In Louis' Kommode? Und Sie sagen, man hat sie ihm heute morgen gestohlen? Finden Sie das nicht seltsam?«

Er lachte. Er stand da, groß und stark, mit rosigem Teint. Er war der Besitzer dieses Hauses, das Familienoberhaupt, er kam aus La-Roche-sûr-Yon zurück, wo er an einer wichtigen Versammlung teilgenommen hatte. Er war Etienne Naud, der große Naud, wie man im Ort sagte, der Sohn Sebastians, der im ganzen Departement bekannt und geachtet gewesen war.

Und sein Lachen übertönte die Angst, während er ein Glas Portwein ergriff. Sein Blick suchte vergeblich die gewohnte Hilfe von seiner Familie. Er hätte sie gern alle um sich gehabt, seine Frau, seine Tochter und auch Alban, der sich herausnahm, an einem Tag wie diesem nicht zu erscheinen.

»Eine Zigarre? Wirklich nicht?«

Er ging im Salon auf und ab. Glaubte er in eine Falle zu stürzen, wenn er sich setzte? Fürchtete er, sich mit

Haut und Haaren dem furchtbaren Kommissar auszuliefern, den sein Dummkopf von Schwager geschickt hatte und der ihn vernichten würde?

6

Ein an sich unbedeutender Zwischenfall ereignete sich, der Maigret jedoch nachdenklich stimmte. Es war kurz vor dem Abendessen. Etienne Naud hatte sich noch immer nicht entschließen können, sich zu setzen. Man hörte die laute Stimme Frau Nauds und des Mädchens im Eßzimmer. Die Auseinandersetzung ging um schlecht geputztes Silber. Geneviève war soeben heruntergekommen.

Maigret bemerkte den Blick, den ihr Vater ihr zuwarf, als sie in den Salon kam. Es war eine leise Unruhe in diesem Blick. Naud hatte seine Tochter seit dem Tag zuvor nicht gesehen, denn da war sie leidend gewesen. Es war darum ganz natürlich, daß Geneviève ihn mit einem Lächeln beruhigte.

Genau in diesem Augenblick läutete das Telefon, und Naud verließ das Zimmer, denn der Apparat befand sich im Flur. Er ließ die Tür offen.

»Wie?« fragte er erstaunt. »Aber natürlich ist er hier ... Was sagen Sie? ... Aber, ja, beeilen Sie sich. Wir warten auf Sie.«

Als er wieder in den Salon kam, zuckte er mit den Schultern. »Was ist bloß in unseren Freund Alban gefahren? Seit Jahren ißt er immer bei uns, und nun ruft er mich an, um mich zu fragen, ob Sie hier sind. Als ich ihm antworte ja, bittet er mich, zum Essen kommen zu dürfen, und fügt hinzu, daß er Sie sprechen müsse.«

Der Zufall wollte es, daß Maigret nicht den Vater, sondern das junge Mädchen anblickte, und er war verwundert über den zornigen Ausdruck ihres Gesichtes.

»Als er heute zum Mittagessen kam, war es fast das gleiche«, sagte sie ärgerlich. »Er schien enttäuscht, daß der Kommissar nicht da war, und ich glaubte schon, er würde wieder gehen. Er hat gestottert: Schade. Ich hatte ihm etwas zu zeigen. Gleich nachdem er seinen Nachtisch verzehrt hatte, ist er wieder gegangen. Sie sind ihm gewiß im Ort begegnet, Herr Kommissar.«

Es war kaum zu spüren, höchstens im Ton der Stimme, aber vielleicht nicht einmal dort. Woran stellte ein erfahrener Mann plötzlich fest, daß ein junges Mädchen Frau geworden ist? Es schien Maigret, daß sich hinter Genevièves schlechter Stimmung noch etwas anderes verbarg, und er nahm sich vor, sie genauer zu beobachten.

Als die Mutter hereinkam, berichtete die Tochter: »Alban hat eben angerufen, um zu sagen, daß er zum Essen kommt. Er hat zuerst gefragt, ob der Kommissar hier ist. Er kommt nicht unseretwegen . . .«

»Er wird gleich dasein«, sagte der Vater, nachdem die Familie wieder vereint war, und setzte sich endlich. »Da er mit dem Rad fährt, braucht er nur drei Minuten für den Weg.«

Maigrets große Augen waren ausdruckslos wie immer, wenn er sich einer delikaten Situation gegenübersah. Er beobachtete sie einen nach dem anderen, setzte ein Lächeln auf, wenn man etwas zu ihm sagte, und dachte: *Wie müssen sie ihren Schwager und mich verfluchen. Sie wissen alle, was passiert ist, eingeschlossen der Freund Alban. Darum zittern sie, sobald sie einen Augenblick allein sind. Wenn sie zusammen sind, bilden sie einen Block und beruhigen sich gegenseitig.*

Ja, und was war nun eigentlich passiert? Hatte Etienne Naud den jungen Retailleau im Zimmer seiner Tochter entdeckt? War es zu einer heftigen Auseinandersetzung zwischen ihnen gekommen? Hatten sie sich geschlagen? Hatte Naud ihn einfach niedergeknallt wie ein Kaninchen? Was für eine Nacht mußte das für sie gewesen sein! Die Mutter, die vor Angst verging, daß jemand vom Personal etwas gehört haben könnte ...

An der Haustür wurde geklopft. Geneviève machte eine Bewegung, als wollte sie sich erheben, um die Tür zu öffnen, blieb dann aber sitzen. Naud ging ein wenig verwundert in den Flur. Man hörte ihn vom Nebel sprechen. Dann kamen die beiden Männer herein. Es war das erstemal, daß Maigret das junge Mädchen mit Alban zusammen sah. Sie reichte ihm mit einer gewissen Steifheit die Hand. Er verneigte sich, küßte ihre Finger und wandte sich dann Maigret zu, offensichtlich in der Absicht, ihm etwas zu sagen oder etwas zu zeigen.

»Denken Sie doch, Herr Kommissar, heute morgen, nachdem Sie gerade gegangen waren, habe ich zufällig dies entdeckt.«

Und er reichte ihm ein kleines Stück Papier, das mit einer Nadel an andere Blätter geheftet gewesen war. Man sah zwei winzige Löcher.

»Was ist das?« fragte Naud, während sich im Gesicht des jungen Mädchens Mißtrauen spiegelte.

»Sie haben sich immer über meine Manie mokiert, das kleinste Stück Papier aufzuheben. Ich könnte jede Rechnung meiner Waschfrau wiederfinden, ob sie nun drei oder acht Jahre alt ist.«

Das Papier, das Maigret immer wieder in seinen dicken Fingern drehte, war eine Rechnung des ›Hôtel l'Europe‹ in La-Roche-sur-Yon. Zimmer: dreißig Francs. Frühstück: sechs Francs. Das Datum: 7. Januar.

»Natürlich«, sagte Alban, als wollte er sich entschuldigen, »hat das keine Bedeutung, aber mir ist eingefallen, daß die Polizei Alibis liebt. Sehen Sie sich das Datum an. Wie durch einen Zufall bin ich in der Nacht, in der man den Toten gefunden hat, in La Roche gewesen.«

Reagierten Naud und seine Frau, wie Leute von Welt auf eine Ungehörigkeit reagieren? Frau Naud blickte zunächst Alban an, als hätte sie so etwas von ihm nicht erwartet, dann seufzte sie und schaute auf die Scheite in dem Kamin hinunter. Ihr Mann runzelte die Brauen. Er hatte nicht so schnell begriffen. Vielleicht suchte er in diesem Manöver seines Freundes einen tieferen Sinn.

Geneviève dagegen war vor Wut blaß geworden. Ihre Augen funkelten. Maigret musterte sie interessiert. Der lange und dürre Alban mit seiner kahlen Stirn blieb ein wenig verlegen mitten im Salon stehen.

»Sie haben doch wohl nicht angenommen, daß man Sie beschuldigt und daß Sie Ihren Kopf aus der Schlinge ziehen müssen?« sagte Naud schließlich, der Zeit gehabt hatte, seine Worte abzuwägen.

»Was soll das, Etienne? Ich habe den Eindruck, daß Sie es alle falsch gedeutet haben. Als ich vorhin zufällig Papiere ordnete, bin ich auf diese Hotelrechnung gestoßen. Und da dachte ich, es sei interessant, dem Kommissar zu zeigen, daß sie genau das Datum des Tages trägt, an dem...«

Frau Naud unterbricht ihn, was sie selten tut und sagt: »Ich glaube, wir können uns jetzt zu Tisch setzen.«

Aber die Beklommenheit bleibt. Das Essen ist zwar so ausgezeichnet wie am Abend zuvor, aber jeder weiß, daß man sich vergeblich zwingen wird, eine herzliche oder auch nur entspannende Atmosphäre zu schaffen. Geneviève ist am erregtesten. Sie ißt wenig, nippt nur an allem. Kein einzigesmal blickt sie Alban an, der auch niemanden ansieht.

Er ist genau der Mann, der die kleinsten Papiere aufhebt, sie ordnet, sie zu Bündeln zusammensteckt wie Banknoten. Er ist auch genau der Mann, der sich allein aus der Affäre zieht, wenn sich die Gelegenheit dazu bietet, und seine Freunde unbekümmert sitzenläßt.

Das alles spürt man. Frau Naud wirkt besonders besorgt. Naud dagegen bemüht sich, die Seinen zu beruhigen, indem er von etwas anderem spricht.

»Übrigens, heute morgen bin ich in Fontenay dem Staatsanwalt begegnet. Er ist mit Ihnen entfernt verwandt, Alban, denn er hat eine Deharme aus Choley geheiratet.«

»Die Deharmes in Choley sind nicht mit der Familie des Generals verwandt. Sie stammen aus Nantes, und wir ...«

Naud fährt fort: »Wissen Sie, Herr Kommissar, er hat mich sehr beruhigt. Er hat zwar meinem Schwager Bréjon geantwortet, daß eine Untersuchung unvermeidlich ist, aber es wird eine rein formale Untersuchung sein, jedenfalls was uns betrifft. Ich habe ihm gesagt, daß Sie hier sind ...«

Ach, er bedauert schon, daß ihm das entschlüpft ist. Er ist ein wenig rot geworden und beeilt sich, ein großes Stück Hummer in den Mund zu stecken.

»Was hat er Ihnen über mich gesagt?«

»Er bewundert Sie sehr. Er hat die meisten Ihrer Untersuchungen in den Zeitungen verfolgt, gerade eben, weil er Sie so bewundert.«

Der arme Mann weiß nicht mehr, wie er da herauskommen soll.

»Es erstaunt ihn, daß mein Schwager es für nötig hielt, einen Mann wie Sie in einer so banalen Affäre zu bemühen.«

»Ich verstehe.«

»Es ärgert Sie doch wohl nicht? Eben, weil er Sie so bewundert.«

»Sind Sie sicher, daß er nicht hinzugefügt hat, meine Anwesenheit könnte dieser Affäre eine Bedeutung geben, die sie nicht hat?«

»Woher wissen Sie das? Haben Sie ihn gesprochen?«

Maigret lächelt. Was kann er anderes tun? Ist er im

Grunde hier nicht ein Gast? Man hat ihn so liebenswürdig empfangen, wie man kann. Das Essen heute abend ist wieder ein kleines Meisterwerk. Aber jetzt gibt man ihm zu verstehen, wenn auch sehr höflich und in aller Form, daß seine Anwesenheit seine Gastgeber zu gefährden droht.

Wieder gibt es ein Schweigen wie vorhin, als Alban das Papier aus der Tasche gezogen hatte. Es ist Frau Naud, die sich bemüht, alles wieder ins Lot zu bringen, und sie macht es ungeschickter als ihr Mann.

»Ich hoffe, Sie werden trotzdem noch einige Tage bei uns bleiben. Nach dem Nebel wird es zweifellos Frost geben. Sie können dann ein paar Ausfahrten mit meinem Mann machen. Nicht wahr, Etienne?«

Welche Erleichterung wäre es für alle, wenn Maigret, wie man es von einem wohlerzogenen Mann erwartet, sagte: *Ich würde allzugern bleiben, denn Ihre Gastfreundschaft gefällt mir, aber leider rufen mich meine beruflichen Pflichten nach Paris zurück. Vielleicht werde ich im Sommer einmal wiederkommen.*

Aber er tut es nicht. Er ißt. Er schweigt. Er kommt sich wie ein Scheusal vor. Diese Leute haben ihm nur Freundlichkeit erwiesen. Sie haben zwar vielleicht den Tod Albert Retailleaus auf dem Gewissen, aber hatte der junge Mann ihnen nicht die Ehre der Tochter gestohlen, wie man in ihren Kreisen sagt? Und hat Frau Retailleau Anzeige erstattet? War sie nicht im Gegenteil die erste, die fand, daß es so am besten ist?

Es sind drei oder vier, vielleicht auch mehr, die sich bemühen, ihr Geheimnis zu hüten und zu verteidigen, und allein die Anwesenheit Maigrets muß zum Beispiel für Frau Naud unerträglich sein.

War sie nicht, als er vorhin eine Viertelstunde mit ihr allein war, nahe daran gewesen, vor Angst aufzuschreien? Es ist so einfach. Er wird am nächsten Tage, vom Segen der ganzen Familie begleitet, abfahren, und in

Paris wird ihm Untersuchungsrichter Bréjon mit Tränen in den Augen danken.

Bleibt er einzig und allein darum, weil er sich in allem nur von seiner Leidenschaft für die Gerechtigkeit leiten läßt? Er wagt nicht, das einem anderen gegenüber unter vier Augen zu behaupten. Da ist Cavre. Da sind all die Niederlagen, die ihm Inspektor Cadavre seit dem Abend zuvor, ohne seinem ehemaligen Chef auch nur einen Blick zu gönnen, zugefügt hat. Er kommt und geht, als ob Maigret gar nicht existierte, oder als ob er nur ein ungefährlicher Gegner wäre.

Wie durch einen Zauber fielen die Zeugenaussagen zusammen, erinnerten sich die Zeugen an nichts mehr oder schwiegen, verschwanden die Beweisstücke, wie die Mütze. Es war endlich nach so vielen Jahren der Triumph des Pechvogels.

»Woran denken Sie, Herr Kommissar?«

Er zuckte zusammen.

»An nichts. Entschuldigen Sie. Ich bin manchmal ein wenig abwesend.«

Er hatte sich, ohne es zu merken, den Teller bis zum Rand gefüllt, und jetzt schämte er sich dessen. Aber Frau Naud murmelte: »Nichts macht einer Hausfrau größere Freude, als zu sehen, daß man ihre Küche schätzt. Daß Alban so stark ißt, zählt nicht. Er würde alles essen, was man ihm vorsetzt. Er ist kein Gourmet, er ist ein Freßsack.«

Sie scherzte. Dennoch blieb ihre Stimme wie ihr Blick ein wenig grollend.

Etienne Naud, dessen Gesicht einige Gläser Wein noch mehr gerötet hatten, wagte schließlich zu sagen, wobei er mit seinem Messer spielte: »Und nun, Kommissar, nachdem Sie jetzt ein wenig mit dem Ort vertraut sind und die Leute befragen konnten, was halten Sie davon?«

»Er hat den jungen Fillou kennengelernt«, warnte ihn seine Frau wie vor einer Gefahr.

Und Maigret, den alle lauernd beobachteten, sagte, wobei er jedes Wort betonte: »Ich glaube, Albert Retailleau hat kein Glück gehabt.«

Das sagte gar nichts, und dennoch erblaßte Geneviève, war so von dieser Bemerkung betroffen, daß man einen Augenblick lang glauben konnte, sie würde aufstehen und hinausgehen. Naud versuchte, Maigrets Worte zu verstehen.

Alban höhnte: »Nun, das scheint mir eine Antwort zu sein, wie die Orakel des Altertums. Wenn ich nicht durch ein Wunder den Beweis gefunden hätte, daß ich in jener Nacht friedlich in einem Zimmer des Hotels, achtzig Kilometer von hier, geschlafen habe, würde ich mir Sorgen machen.«

»Wissen Sie denn nicht«, sagte Maigret, »daß man bei der Polizei sagt, ein Individuum ist um so verdächtiger, je besser sein Alibi ist?«

Alban brauste auf, weil er den Scherz ernst nahm: »Dann müssen Sie auch den Kabinettchef der Präfektur verdächtigen, denn er hat den Abend mit mir verbracht. Er ist einer meiner Jugendfreunde, und wir sind hin und wieder einen Abend zusammen, der fast immer erst um zwei oder drei Uhr morgens endet.«

Was trieb Maigret dazu, die Komödie bis zu Ende zu spielen? Reizte ihn die Feigheit des falschen Aristokraten so sehr? Er zog aus seiner Tasche sein bei der Kriminalpolizei berühmtes schwarzes Notizbuch und fragte mit der ernstesten Stimme der Welt: »Wie heißt er?«

»Wollen Sie wirklich ... Na schön ... Musellier – Pierre Musellier. Er wohnt an der Place Napoleon, fünfzig Meter vom ›Hôtel l'Europe‹ entfernt.«

»Wollen wir jetzt nicht in den Salon gehen?« fragte Frau Naud. »Bringst du uns den Kaffee dorthin, Geneviève? Oder bist du zu müde? Du siehst sehr blaß aus. Vielleicht ist es besser, du gehst schlafen.«

»Nein.«

Sie war nicht müde. Sie war hellwach und sehr erregt. Es war, als hätte sie mit Alban, den sie nicht aus den Augen ließ, eine Rechnung zu begleichen.

»Sind Sie am nächsten Tag nach Saint Aubin zurückgefahren?« fragte Maigret, den Bleistift in der Hand.

»Ja, am nächsten Tag. Ich bin mit meinem Freund in dessen Wagen bis Fontenay-le-Comte gefahren. Dort habe ich bei Freunden zu Mittag gegessen, und als ich das Haus verließ, habe ich zufällig Etienne getroffen, der mich nach Hause gefahren hat.«

»Kurz, Sie gehen von Freund zu Freund.«

Er konnte nicht deutlicher sagen, daß der andere ein Schmarotzer war. Alle verstanden es. Geneviève errötete und wandte den Blick ab.

»Wollen Sie immer noch nicht eine meiner Zigarren probieren, Herr Kommissar?«

»Darf ich wissen, ob meine Vernehmung beendet ist? Ich möchte nämlich heute abend früh zu Hause sein.«

»Das trifft sich ja wunderbar. Ich würde gern noch einen kleinen Gang in den Ort machen. Wenn es Ihnen recht ist, können wir zusammen gehen.«

»Ich habe mein Rad bei mir.«

»Das macht nichts. Ein Rad läßt sich ja schieben, nicht wahr? Außerdem könnten Sie bei dem dichten Nebel leicht in den Kanal fahren.«

Als Maigret davon sprach, mit Alban Groult-Cotelle in den Ort zu gehen, hatte Etienne Naud die Stirn gerunzelt und schien fast versucht zu sein, sie zu begleiten. Befürchtete er, daß Alban, der an diesem Abend besonders nervös war, sich ein Geständnis entlocken lassen könnte? Er hatte ihm einen Blick zugeworfen, der offensichtlich bedeutete: *Seien Sie auf der Hut. Er ist stärker als Sie.*

Einen ähnlichen, nur härteren und gehässigeren Blick warf ihm Geneviève zu: *Versuchen Sie wenigstens, Haltung zu bewahren.*

Frau Naud blickte niemanden an. Sie war erschöpft. Sie verstand das Ganze nicht mehr. Sie würde nicht mehr lange einer solchen Nervenanspannung standhalten. Aber das Seltsame war, daß Alban sich nicht zum Gehen entschloß, daß er im Salon umherging, wohl mit dem Hintergedanken, mit Naud allein zu sprechen.

»Hatten Sie mich nicht gebeten, wegen dieser Versicherungsgeschichte in Ihrem Büro vorbeizukommen?«

»Was für eine Versicherung?« fragte Naud unbesonnen.

»Macht nichts, wir werden morgen darüber reden.«

Was wollte er ihm Wichtiges mitteilen?

»Kommen Sie, Herr Groult-Cotelle?« fragte der Kommissar.

»Wollen Sie wirklich nicht, daß ich Sie im Auto fahre? Wenn Ihnen das lieber ist, können Sie ihn auch selber steuern.«

»Danke. Wir können uns im Gehen besser unterhalten.«

Der Nebel verschluckte sie. Alban führte sein Rad mit einer Hand und ging schnell, wobei er immer wieder stehenbleiben mußte, denn Maigret dachte nicht daran, seine Schritte zu beschleunigen.

»Sehr anständige Menschen ... Ein so harmonisches Familienleben. Für ein junges Mädchen muß es freilich manchmal monoton sein. Hat sie viele Freundinnen?«

»Hier im Ort nicht. Aber im Sommer kommen ihre Kusinen, oder sie fährt manchmal auf eine Woche zu ihnen.«

»Sie fährt doch auch sicherlich hin und wieder zu den Bréjons nach Paris?«

»Sie war erst in diesem Winter dort.«

Maigret sprach mit harmloser Stimme von etwas anderem. Die beiden Männer konnten sich in dem Nebel kaum sehen.

»Und Sie selber verlassen wohl bis auf gelegentliche Fahrten nach La-Roche-sûr-Yon Saint Aubin kaum?«

»Ich fahre manchmal nach Nantes, wo ich Freunde habe, und nach Bordeaux, wo meine Kusine de Chièvre mit einem Reeder verheiratet ist.«

»Und nach Paris?«

»Dort war ich vor einem Monat.«

»Mit Fräulein Naud?«

»Ja, vielleicht. Ich weiß es nicht.«

Sie kamen an den beiden einander gegenüberliegenden Gasthöfen vorüber. Maigret blieb stehen und sagte: »Wollen wir ein Glas Wein im ›Goldenen Löwen‹ trinken? Es würde mich interessieren, ob mein ehemaliger Kollege Cavre dort ist. Vorhin habe ich am Bahnhof einen kleinen Mann gesehen, der gerade angekommen war, und ich wittere in ihm einen Mitarbeiter von Cavre, den dieser zu Hilfe gerufen hat.«

»Ich will mich lieber verabschieden«, sagte Alban hastig.

»Das kommt nicht in Frage. Wenn Sie nicht mit mir mitkommen, begleite ich Sie. Das ist Ihnen doch wohl nicht unangenehm?«

»Ich sehne mich nach meinem Bett. Ich will Ihnen nicht verhehlen, daß ich an schmerzhaften Neuralgien leide und gerade von scheußlichen Schmerzen geplagt bin.«

»Ein Grund mehr, daß ich Sie bis zu Ihrem Hause begleite. Schläft Ihr Mädchen im Hause?«

»Natürlich.«

»Ich kenne Leute, die ihr Mädchen nachts nicht gern unter ihrem Dach haben. Ach, da brennt ja Licht!«

»Das ist das Mädchen.«

»Sitzt sie im Salon? Stimmt ja, das ist das einzige geheizte Zimmer. Sie macht wohl in Ihrer Abwesenheit kleine Näharbeiten?«

Sie waren an der Tür stehengeblieben. Statt zu klopfen, zog Alban seinen Schlüssel aus der Tasche.

»Bis morgen, Herr Kommissar! Wir werden uns zweifellos bei den Nauds sehen.«

»Sagen Sie . . .«

Groult-Cotelle hütete sich wohlweislich, die Tür aufzustoßen, aus Furcht, daß Maigret das als eine Einladung auffassen könnte.

»Es ist idiotisch . . . Entschuldigen Sie, ich habe ein dringendes Bedürfnis . . . Und da wir gerade hier sind . . . Unter Männern, nicht wahr, braucht man sich nicht zu genieren?«

»Treten Sie ein. Ich werde Ihnen den Weg zeigen.«

Der Flur war nicht beleuchtet, aber die Tür des Salons zur Linken war halb geöffnet, und ein rechteckiger Lichtschein fiel in den Flur. Alban wollte Maigret hinten in den Flur führen, aber der Kommissar stieß mit einer schnellen Bewegung die Tür ganz auf, blieb stehen und rief: »So etwas! Mein alter Kollege Cavre! Was machen Sie denn hier, lieber Freund?«

Der Exinspektor hatte sich erhoben. Er sah kreidebleich wie immer aus und warf Groult-Cotelle, den er für diese Begegnung verantwortlich machte, einen vernichtenden Blick zu.

Alban wußte nicht, was er tun sollte, suchte nach einer Erklärung, fand aber keine und fragte: »Wo ist das Mädchen?«

Cavre war der erste, der sich wieder faßte und sagte, wobei er sich verneigte: »Sie sind wohl Herr Groult-Cotelle?«

Der andere begriff das Spiel nicht sofort.

»Entschuldigen Sie, daß ich Sie zu einer so späten Stunde störe. Ich mußte Sie unbedingt sprechen. Die Frau, die mir aufgemacht hat, hat gesagt, daß Sie bald zurückkommen . . .«

»Das genügt«, brummte Maigret.

»Wie?« fragte Alban nervös.

»Das genügt, habe ich gesagt. Wo ist das Mädchen, Cavre, das Sie hereingeführt hat? Es brennt sonst kein Licht im Haus. Mit anderen Worten: sie war schon schlafen gegangen.«

»Sie hat mir gesagt . . .«

»Noch einmal: das genügt! Keine Ausflüchte. Sie können sich wieder setzen, Cavre. Sie hatten es sich ja schon ganz gemütlich gemacht. Sie haben Ihren Mantel ausgezogen und Ihren Hut abgelegt. Was haben Sie gerade gelesen?«

Er machte große Augen, als er das Buch in die Hand nahm, das neben Cavre lag.

»›Perverse Lüste‹ – sieh mal einer an! Und hier in der Bibliothek unseres Freundes Alban haben Sie dieses entzückende Buch gefunden ... Sagen Sie, meine Herren, warum bleiben Sie stehen? Stört Sie meine Anwesenheit? Vergessen Sie nicht Ihre Neuralgie, Herr Groult. Sie sollten eine Aspirintablette nehmen.«

Alban war aber trotz allem geistesgegenwärtig genug, um zu antworten: »Ich dachte, Sie müßten dringend verschwinden.«

»Ja, aber stellen Sie sich vor, es ist mir vergangen. Nun, mein lieber Cavre, wie steht es mit der Untersuchung? Unter uns gesagt, Ihnen hat sicherlich der Schädel gebrummt, als Sie gemerkt haben, daß ich auch etwas mit der Sache zu tun habe.«

»Ach, Sie haben etwas damit zu tun? Womit denn?«

»Groult-Cotelle hat also an Ihre Talente appelliert, die zu unterschätzen mir übrigens fern liegt.«

»Ich habe bis heute morgen noch nie etwas von Herrn Groult-Cotelle gehört.«

»Ach, dann war es also Etienne Naud, der mit Ihnen über ihn gesprochen hat, als Sie sich in Fontenay-le-Comte begegnet sind.«

»Wenn Sie mich einem Verhör unterziehen wollen,

Herr Kommissar, dann bin ich bereit, Ihnen in Gegenwart meines Anwalts Rede und Antwort zu stehen.«

»Wenn man Sie zum Beispiel beschuldigt, eine Mütze gestohlen zu haben . . .«

»Ja, zum Beispiel.«

In dem Salon herrschte ein graues Dämmerlicht, denn die für die Größe des Zimmers zu schwache elektrische Birne war außerdem noch verstaubt.

»Darf ich Ihnen vielleicht etwas anbieten?«

»Warum nicht?« erwiderte Maigret. »Da der Zufall uns zusammengeführt hat . . . Übrigens, Cavre, ist das einer Ihrer Männer, den ich vorhin am Bahnhof gesehen habe?«

»Ja, es ist einer meiner Angestellten.«

»Verstärkung?«

»Wenn Sie es so nennen wollen . . .«

»Hatten Sie heute abend mit Herrn Groult-Cotelle wichtige Angelegenheiten zu regeln?«

»Ich wollte ihm einige Fragen stellen.«

»Wenn es dabei um sein Alibi geht, können Sie unbesorgt sein. Er hat alles geregelt. Er hat sogar seine Rechnung aus dem ›Hôtel l'Europe‹ aufgehoben.«

Aber Cavre ließ sich nicht ins Bockshorn jagen. Er hatte sich wieder gesetzt, die Beine übereinandergeschlagen, seine lederne Aktentasche daraufgelegt und wartete, davon überzeugt, wie es schien, das letzte Wort zu haben. Groult, der drei Gläser Armagnac gefüllt hatte reichte ihm eins, aber er lehnte es dankend ab.

»Ich trinke nur Wasser.«

Man hatte bei der Kriminalpolizei darüber genug gescherzt. Und das war grausam, denn Cavre war nicht aus freien Stücken mäßig, sondern weil er an einem schweren Leberleiden litt.

»Und Sie, Herr Kommissar?«

»Gern.«

Sie schwiegen. Es war, als spielten alle ein seltsames Spiel. Wer würde am längsten schweigen? Alban hatte sein Glas in einem Zug geleert und sich einen zweiten Armagnac eingegossen. Als einziger war er stehengeblieben und schob hin und wieder eins der Bücher auf den Regalen, das aus den Reihen herausragte, zurück.

»Wissen Sie, Herr Groult-Cotelle«, sagte Cavre schließlich mit ruhiger Stimme, »daß Sie hier zu Hause sind?«

»Was wollen Sie damit sagen?«

»Das Sie nicht verpflichtet sind, jeden in Ihrem Haus zu empfangen. Ich hätte mich gern mit Ihnen ohne den Kommissar unterhalten. Wenn Sie seine Gesellschaft der meinen vorziehen, werde ich mich mit Ihnen für ein andermal verabreden.«

»Kurz, der Inspektor bittet Sie höflich, einen von uns beiden vor die Tür zu setzen.«

»Ich verstehe nicht, meine Herren, was das alles soll. Ich habe gar nichts mit der ganzen Sache zu tun. Ich war, wie Sie wissen, in La Roche, als der junge Mann ums Leben gekommen ist. Gewiß, ich bin mit den Nauds befreundet. Ich habe viel bei ihnen verkehrt. In einem kleinen Ort wie dem unseren kann man sich seine Bekannten nicht aussuchen.«

»Vorsicht! Denken Sie an den heiligen Petrus!«

»Was meinen Sie damit?«

»Bald, wenn Sie so fortfahren, haben Sie Ihre Freunde dreimal verleugnet und zwar, ehe die Sonne aufgeht, falls der Nebel ihr das überhaupt erlaubt.«

»Sie können gut scherzen. Meine Lage ist trotzdem schwierig. Ich werde bei den Nauds empfangen. Etienne ist mein Freund. Sie sehen, ich verleugne ihn nicht. Was ist bei ihnen vorgegangen? Ich weiß nichts davon und will es nicht wissen. Es hat also gar keinen Sinn, mich zu verhören.«

»Es wäre vielleicht nützlicher, Fräulein Naud zu verhören, nicht wahr? Übrigens, ich weiß nicht, ob Ihnen heute abend aufgefallen ist, daß sie Sie wenig liebevoll anblickte. Ich hatte den Eindruck, daß sie etwas gegen Sie hat.«

»Gegen mich?«

»Zumal Sie so elegant versucht haben, Ihren Kopf aus der Schlinge zu ziehen. Sie hat das alles andere als nett empfunden. Wenn ich Sie wäre, würde ich sogar vor ihrer Rache auf der Hut sein.«

Groult-Cotelle lachte, ohne es zu wollen.

»Sie scherzen. Geneviève ist ein charmantes Mädchen, das . . .«

Was trieb Maigret dazu, plötzlich alles auf eine Karte zu setzen?

». . . das seit drei Monaten schwanger ist«, sagte er.

»Was? Was reden Sie da?«

Cavre war verblüfft, und zum erstenmal an diesem Tag verlor er ein wenig seine Sicherheit und blickte seinen ehemaligen Chef mit ungewollter Bewunderung an.

»Wußten Sie das nicht, Herr Groult?«

»Worauf wollen Sie hinaus?«

»Auf nichts. Ich suche . . . Sie wollen doch auch, daß die Wahrheit ans Licht kommt? Wir suchen also gemeinsam. Cavre hat schon die blutbefleckte Mütze in der Hand, die ausreicht, um das Verbrechen zu beweisen. Wo ist die Mütze, Cavre?«

Ohne darauf zu antworten, lehnte sich Cavre in seinem Sessel zurück.

»Ich möchte Ihnen gleich sagen, daß es Sie teuer zu stehen kommen wird, wenn Sie sie vernichtet haben. Aber nun will ich Sie nicht länger stören. Ich lasse Sie allein. Wahrscheinlich sehe ich Sie morgen beim Mittagessen bei den Nauds, Herr Groult.«

Er ging hinaus und warf die Tür hinter sich zu. Auf der Straße sah er eine schmale Gestalt.

»Sind Sie's, Herr Kommissar?«

Es war der junge Louis. Zweifellos hatte er durch die beschlagenen Fenster der ›Drei Mohren‹ Maigret und

Alban wie zwei Schatten vorübergehen sehen. Er war ihnen nachgegangen.

»Wissen Sie, was sie sagen? Was alle im Dorf immer wieder sagen?« Seine Stimme zitterte vor Angst und Entrüstung. »Man behauptet, sie hätten Sie eingewickelt und Sie führen morgen mit dem Drei-Uhr-Zug wieder ab.«

Fast wäre das wahr geworden.

7

Sie waren kaum zwei Schritte gegangen, als der Kommissar plötzlich stehenblieb.

»Was haben Sie, Herr Kommissar?«

Maigret antwortete nicht, sondern lauschte auf die Stimmen, die verschwommen, aber kreischend durch die Läden des Hauses zu ihm drangen. Zugleich wurde ihm klar, warum der Junge unruhig geworden war. Weil er nämlich ohne ersichtlichen Grund mitten auf dem Gehsteig stehengeblieben war, wie manche Herzkranke, die ein Anfall am Weitergehen hindert.

Es hatte nichts mit dem zu tun, was ihn augenblicklich beschäftigte. Dennoch dachte er: *Es gibt also einen Herzkranken in St. Aubin.*

Er sollte später erfahren, daß tatsächlich der frühere Arzt an Angina pectoris gestorben war und daß man ihn zuvor jahrelang wie erstarrt, eine Hand auf dem Herzen, mitten auf der Straße hatte stehenbleiben sehen.

Die beiden Männer drinnen stritten sich, oder jedenfalls ließen ihre lauten Stimmen es vermuten. Maigret hörte nicht hin. Louis, der glaubte, den Grund seines plötzlichen Stehenbleibens erraten zu haben, spitzte die Ohren. Je lauter die Stimmen wurden, desto weniger waren die Worte zu verstehen.

Aber nicht wegen dieser Szene, die sich dort im Haus zwischen Inspektor Cavre und Alban Groult abspielte, blieb Maigret stehen und stierte vor sich hin. Im Augenblick, als er aus dem Haus kam, war ihm ein Gedanke gekommen – nicht einmal ein Gedanke. Es war vage, so vage, daß er sich jetzt bemühte, sich wieder daran zu erinnern.

Manchmal erinnert uns ein unbedeutender Zwischenfall, ein kaum wahrgenommener Geruch blitzartig an einen bestimmten Augenblick unseres Lebens. Wir möchten uns gern genau daran erinnern, aber schon im nächsten Augenblick haben wir alles wieder vergessen und können nicht einmal mehr sagen, woran wir eben gedacht haben. Wir zermartern uns vergeblich den Kopf und sagen uns schließlich, da wir keine Antwort auf unsere Frage finden, daß es vielleicht nur die Erinnerung an einen Traum oder, wer weiß, an ein früheres Leben war.

Es war genau in dem Augenblick, als sich die Tür hinter ihm geschlossen hatte. Er wußte, daß er zwei verlegene und wütende Männer zurückgelassen hatte. Es gab etwas Gemeinsames zwischen den beiden, die das Schicksal in dieser Nacht vereinte. Mit der Vernunft ließ es sich nicht erklären. Cavre wirkte nicht wie ein Junggeselle, sondern wie ein betrogener, leidender Ehemann. Er schwitzte vor Neid, und Neid bewirkt oft das gleiche zweideutige Benehmen wie gewisse heimliche Laster.

Im Grunde war Maigret ihm nicht böse. Er bedauerte ihn. Er ärgerte sich über ihn, aber zugleich empfand er ein gewisses Mitleid mit diesem gescheiterten Menschen.

Cavre und Alban waren grundverschieden, doch beide hatten einen trüben Charakter.

Cavre stank vor Haß, Alban Groult-Cotelle stank vor Angst und Feigheit. Seine Frau war ihm fortgelaufen und hatte die Kinder mitgenommen. Er hatte nicht versucht, sie zurückzuholen. Er hatte zweifellos nicht gelitten. Da er kein Vermögen besaß, lebte er fortan wie ein Kuckuck im Nest anderer. Und wenn seinen Freunden ein Unglück zustieß, beeilte er sich, sie zu verraten. Maigret entdeckte plötzlich die Nichtigkeit, die diese Gedanken ausgelöst hatte: es war das Buch, das er in Cavres Händen gefunden hatte, als sie hereingekommen waren. Eines jener schmutzig-erotischen Bücher, wie sie in gewissen Läden des Faubourg St. Martin unter der Theke verkauft werden.

Der eine besaß diese Bände in seiner Bibliothek, der andere entdeckte wie zufällig sofort eines von ihnen.

Aber es war da noch etwas anderes, und dieses andere versuchte der Kommissar wiederzufinden. Eine Zehntelsekunde lang vielleicht war er wie von einer Wahrheit erleuchtet gewesen, aber kaum hatte er darüber nachgedacht, da war sie schon wieder verschwunden. Es blieb nur ein flüchtiger Eindruck. Und deshalb blieb er so reglos stehen wie ein Herzkranker.

»Was ist das für ein Licht?« fragte er trotzdem.

Sie standen beide im Nebel, Louis und er, und in einer gewissen Entfernung bemerkte Maigret einen hellen Lichtschein.

»Ist das nicht das Postamt?«

»Es ist das Fenster nebenan«, antwortete Louis. »Das Fenster des Postfräuleins. Sie kann oft nicht schlafen und liest bis in die Nacht hinein Romane. Ihre Lampe geht immer als letzte in Saint Aubin aus.«

Aber er lauschte weiter auf die lauten Stimmen. Groult-Cotelle schrie wie jemand, der um keinen Preis Vernunft annehmen will.

Cavres Stimme klang ernster und gebieterischer. Warum hatte Maigret das Verlangen, die Straße zu überqueren und sein Gesicht an das Fenster des Postfräuleins zu pressen?

Aber schon im nächsten Augenblick dachte er nicht mehr daran. Er wußte, daß Louis ihn voller Unruhe und

Ungeduld beobachtete und sich fragte, was im Gehirn des Kommissars vorgehen mochte.

Ihm fiel wieder das Buch ein, das ihn an Paris erinnerte. Groult-Cotelle war dorthin gefahren. Geneviève Naud war sicherlich zur gleichen Zeit dort gewesen.

Er sah ihr Gesicht wieder vor sich, als Alban sein Alibi aus der Tasche gezogen hatte.

Es war nicht nur Verachtung. In diesem Augenblick war sie kein junges Mädchen mehr, sondern eine Frau – eine liebende Frau, die plötzlich die Niedertracht ihres Geliebten entdeckt.

Genau in diesem Moment war Maigret blitzartig die Wahrheit aufgegangen, aber dann war wieder alles versunken, und es blieb nur die vage Erinnerung an etwas Scheußliches, Gemeines.

Ja, die Affäre war ganz anders, als sie sich Maigret bis jetzt vorgestellt hatte.

Er hatte nur Bürger gesehen, eine Familie von Großbürgern, die empört waren, einen mittellosen jungen Mann im Bett ihrer Tochter zu entdecken. Hatte Naud ihn in seinem Zimmer getötet?

Das war durchaus möglich. Er tat ihm fast leid, vor allem tat ihm Frau Naud leid, die es wußte, die sich zwang, zu schweigen, die ihre Ängste zu unterdrücken versuchte und für die jede mit dem Kommissar allein verbrachte Minute eine furchtbare Qual war.

Aber jetzt traten Etienne Naud und seine Frau in den Hintergrund. Alban hatte ein Alibi. War das wirklich ein Zufall? War es auch ein Zufall, daß er plötzlich auf die Rechnung des ›Hôtel de l'Europe‹ gestoßen war?

Er war bestimmt dort gewesen. Es ließ sich nachprüfen. Aber der Kommissar war auch ohne das davon überzeugt.

Warum hatte er sich jedoch gerade an jenem Abend nach La-Roche-sûr-Yon begeben? Erwartete ihn der Kabinettchef des Präfekten?

»Das müßte man nachprüfen«, murmelte Maigret.

Er blickte immer noch auf das trübe Licht hinter dem Fenster des Postfräuleins, hielt immer noch seinen Tabaksbeutel in der einen und seine Pfeife in der anderen Hand, ohne daran zu denken, sie zu stopfen.

Albert Retailleau war wütend.

Wer hatte ihm das gesagt? Der kleine Louis, der Freund des Toten.

»War er wirklich wütend?« fragte der Kommissar plötzlich.

»Wer?«

»Dein Freund Albert. Du hast mir gesagt, als ihr euch an dem letzten Abend trenntet ...«

»Er war erregt. Bevor er zu seinem Rendezvous ging, hat er mehrere Schnäpse getrunken.«

»Hat er nichts gesagt?«

»Lassen Sie mich nachdenken ... Ja, jetzt fällt es mir ein. Er würde aus diesem schmutzigen Nest bald verschwinden ...«

»Seit wann war er Fräulein Nauds Geliebter?«

»Es hat, glaube ich, im Oktober angefangen.«

»Hatte er schon vorher ein Mädchen?«

»Er hat mir jedenfalls nichts davon gesagt.«

»Pst.«

Maigret rührte sich nicht und spitzte die Ohren. Die Stimmen waren verstummt. Statt dessen hörte man ein Geräusch, das den Kommissar frappierte.

»Das Telefon«, sagte er.

Er hatte den charakteristischen Ton der ländlichen Telefone erkannt, bei denen man eine Kurbel drehen muß, damit sich das Postfräulein meldet.

»Lauf mal schnell hinüber, guck durch das Fenster des Postfräuleins. Du hast schnellere Beine als ich.«

Er hatte sich nicht getäuscht. Neben dem ersten wurde ein zweites Fenster hell. Das Postfräulein war in den Schalterraum gegangen. Maigret nahm sich Zeit. Es war ihm zuwider, zu rennen, zumal vor dem Jungen. Er wollte vor ihm eine gewisse Würde wahren. Er stopfte sich endlich seine Pfeife, steckte sie an und überquerte langsam die Straße.

»Nun?«

»Ich wußte schon, daß sie mithören würde«, sagte Louis leise. »Sie tut es immer. Der Arzt hat sich sogar einmal darüber in La Roche beschwert, aber sie tut es trotzdem.«

Man sah sie, klein, schwarzgekleidet, mit schwarzem Haar. Sie hielt einen Hörer in der Hand und den Stöpsel in der anderen. In diesem Augenblick schien das Gespräch gerade beendet zu sein, denn sie stöpselte um und ging zu dem elektrischen Schalter.

»Glaubst du, daß sie uns aufmachen wird?«

»Wenn Sie an die kleine Hintertür klopfen. Kommen Sie, wir gehen über den Hof.«

Sie tappten eine Weile in völliger Finsternis herum, drängten sich zwischen Wäschebottichen durch. Eine Katze sprang von einem Mülleimer.

»Fräulein Rinquet!« rief der Junge. »Machen Sie mal eben auf!«

»Wer ist da?«

»Ich – Louis. Machen Sie bitte mal auf!«

Sie zog den Riegel zurück, und Maigret trat eilig über die Schwelle, weil er fürchtete, daß sich die Tür wieder schließen könnte.

»Haben Sie keine Angst, Fräulein ...«

Er war zu groß und zu breit für die winzige Küche, die zu der kleinen Statur des Postfräuleins paßte und in der man Nippsachen aus Porzellan oder Glas, wie man sie auf Jahrmärkten kauft, und gestickte Deckchen sah.

»Groult-Cotelle hat gerade telefoniert.«

»Woher wissen Sie das?«

»Er hat mit seinem Freund Naud telefoniert, und Sie haben das Gespräch abgehört.«

Auf ihrer Missetat ertappt, verteidigte sie sich ungeschickt. »Aber, Herr ... Die Post ist geschlossen. Nach neun Uhr darf ich eigentlich keine Verbindungen mehr herstellen. Ich tue es nur aus Gefälligkeit.«

»Was hat er gesagt?«

»Wer?«

»Hören Sie, wenn Sie mir nicht klipp und klar antworten, werde ich morgen wiederkommen und ein Protokoll aufnehmen müssen, das den Dienstweg gehen wird. Was hat er gesagt?«

»Es haben zwei gesprochen.«

»Gleichzeitig?«

»Fast. Sie schienen jeder einen Hörer zu haben, und der eine fiel dem anderen immer wieder ins Wort.«

»Was sagten sie?«

»Herr Groult hat zuerst gesagt: ›Hören Sie, Etienne, das kann nicht so weitergehen. Der Kommissar war eben hier und hat Ihren Mann hier vorgefunden. Ich bin sicher, daß er über alles im Bilde ist, und wenn Sie weiter ...‹«

»Und dann?« fragte Maigret.

»Dann hat der andere gesprochen: ›Hallo ... Herr Naud? Hier ist Cavre. Es ist sehr bedauerlich, daß Sie ihn nicht haben festhalten und daran hindern können, herzukommen, aber ...‹ ›Aber für mich ist das am peinlichsten‹, hat Groult gebrüllt. ›Ich habe es satt, damit Sie es wissen. Machen Sie, was Sie wollen. Rufen Sie Ihren blöden Schwager an, der ja gewissermaßen der Vorgesetzte dieses Unglückskommissars ist. Da er ihn hergeschickt hat, soll er ihn nach Paris zurückbeordern. Ich warne Sie: Wenn Sie mich noch einmal mit ihm zusammenbringen, werde ich ...‹

›Hallo, hallo‹, hat Herr Etienne am anderen Ende der Leitung erschrocken gerufen. ›Sind Sie noch da, Herr Cavre? Alban hat mir eine schöne Angst eingejagt. Ist wirklich ...?‹ ›Hallo! Hier Cavre ... Aber seien Sie doch still, Herr Groult. Lassen Sie mich ein paar Worte reden ... Herr Naud? Ja, es bestände keine Gefahr, wenn nicht

Ihr Freund Groult-Cotelle in seiner Angst ... Wie? Ob Sie Ihren Schwager anrufen sollen? Vorhin hätte ich Ihnen noch davon abgeraten ... Nein, mir jagt er keine Angst ein ...‹«

Das Postfräulein, das genüßlich das Gespräch wiederholte, sagte, wobei sie auf Maigret deutete: »Er – das sind Sie, nicht wahr? Also, er hat gesagt, Sie jagen ihm keine Angst ein, aber Groult-Cotelles wegen, der jeder unüberlegten Handlung fähig wäre ... Pst!«

Im Schalterraum läutete das Telefon. Das kleine Fräulein stürzte hin und machte Licht.

»Hallo? ... Wie? ... Galvani 17–89? ... Ich weiß nicht ... Nein, zu dieser Zeit wird's wohl noch lange dauern ... Ich rufe Sie wieder an.«

Maigret kannte die Nummer. Es war die Privatwohnung von Bréjon.

Er sah auf seine Uhr. Es war zehn vor elf. Wenn der Untersuchungsrichter nicht mit seiner Frau ins Kino oder Theater gegangen war, lag er jetzt gewiß schon im Bett. Im Justizpalast wußten alle, daß er immer schon um sechs Uhr morgens auf war und in aller Frühe seine Akten studierte.

Das Fräulein stöpselte.

»Ist da Niort? ... Geben Sie mir bitte Galvani 17–89. Ist Leitung drei frei? Geben Sie mir bitte die. Die zwei war vorhin schlecht ... Geht's Ihnen gut? Haben Sie die ganze Nacht Dienst? ... Wie? ... Nein. Sie wissen doch, daß ich nie vor ein Uhr schlafen gehe ... Ja, hier auch. Man sieht nur zwei Meter weit. Morgen früh wird sicher Glatteis sein ... Hallo! Paris? ... Paris? ... Hallo! Paris? ... Galvani 17–89? Melden Sie sich doch, meine Liebe! Sprechen Sie deutlicher ... Geben Sie mir Galvani 17–89 ... Wie? Sie läuten? Ich höre nichts. Läuten Sie weiter. Es ist dringend ... Aber ja. Es muß jemand dort sein ...«

Sie drehte sich um und machte ein erschrockenes Gesicht, denn der wohlbeleibte Maigret stand ganz dicht hinter ihr und streckte eine Hand aus, bereit, im geeigneten Augenblick den Hörer zu ergreifen.

»Herr Naud? Hallo! ... Herr Naud? ... Ja, ich gebe Ihnen Galvani. Eine Sekunde. Bleiben Sie am Apparat ... Galvani 17–89? ... Hier Saint Aubin ...«

Sie wagte nicht, sich dem Kommissar zu widersetzen, der ihr den Hörer aus den Händen nahm.

»Hallo, bist du's, Victor? ... Wie?«

In der Leitung waren Nebengeräusche, und Maigret hatte das Gefühl, daß der Untersuchungsrichter in seinem Bett telefonierte. Kurz darauf hörte er ihn murmeln: »Es ist Etienne.«

Sicherlich sprach er mit seiner Frau.

»Wie? ... Gibt es was Neues? ... Nein? Ja? ... Du sprichst zu laut. Ich kann dich kaum verstehen ...«

Etienne Naud gehörte nämlich zu jenen Menschen, die immer ins Telefon brüllen, als fürchteten sie, man könnte sie nicht verstehen.

»Hallo ... Hör mal, Victor, es gibt zwar nichts eigentlich Neues ... Versteh mich richtig ... Übrigens, ich werde dir schreiben ... Vielleicht komme ich sogar in zwei oder drei Tagen zu dir nach Paris ...«

»Sprich leiser ... Nun, was gibt's? Ist der Kommissar gut angekommen? Was hältst du von ihm?«

»Ja, eben seinetwegen rufe ich dich an.«

»Will er sich nicht mit deiner Sache befassen?«

»Doch. Er befaßt sich zuviel damit. Hör mal, Victor, du mußt unbedingt einen neuen Weg finden, ihn nach Paris zurückzurufen ... Nein, ich kann dir jetzt nichts sagen. Wie ich das Postfräulein kenne ...«

Maigret blickte lächelnd auf das kleine Postfräulein, das vor Neugier völlig durcheinander war.

»Du wirst schon die Möglichkeit finden ... Wie? Das ist schwierig? Aber das muß sich doch machen lassen ... Ich versichere dir, es muß sein.«

Es war nicht schwer, sich den Untersuchungsrichter

vorzustellen, der die Stirn runzelte und gegen seinen Schwager Verdacht zu schöpfen begann.

»Es ist nicht das, was du vielleicht denkst. Aber er läuft im Ort herum, spricht mit jedem, richtet nur Unheil an ... Verstehst du? Wenn das so weitergeht, wird der ganze Ort unruhig. Meine Lage wird dann unhaltbar ...«

»Ich weiß nicht, wie ich es anstellen soll.«

»Stehst du denn nicht gut mit seinem Chef?«

»Doch. Ich könnte den Leiter der Kriminalpolizei natürlich bitten, aber das hat einen Haken. Der Kommissar wird es früher oder später erfahren. Er hat sich nur bereit erklärt, dorthin zu fahren, weil er mir einen Gefallen tun wollte.«

»Willst du, daß deine Nichte, dein Patenkind, woran ich dich erinnern möchte, in eine peinliche Situation kommt?«

»Glaubst du, daß es so ernst ist?«

»Aber ich sage dir doch ...«

Man spürte, wie Etienne Naud vor Ungeduld zitterte. Albans Angst hatte sich auf ihn übertragen, und die Tatsache, daß Cavre ihm nicht abriet, Maigrets Zurückbeorderung zu fordern, war auch alles andere als beunruhigend für ihn.

»Willst du mir nicht meine Schwester geben?«

»Deine Schwester schläft. Ich bin allein hier unten.«

»Was sagt Geneviève?«

Der Richter zögerte offenbar und nahm dann seine Zuflucht zu kleinen banalen Bemerkungen.

»Regnet es bei euch auch?«

»Ich weiß es nicht!« brüllte Naud. »Es ist mir auch egal! Hörst du? Mich interessiert nur, daß du sofort deinen Unglückskommissar zurückholst!«

»Was hast du?«

»Was ich habe? Was ich habe? Wenn das so weitergeht, werde ich mich hier nicht halten können. Er steckt seine Nase in alles. Er sagt kein Wort. Er – er ...«

»Beruhige dich. Ich werde es versuchen.«

»Wann?«

»Gleich morgen früh. Ich werde den Leiter der Kriminalpolizei aufsuchen, aber ich muß dir gestehen, daß ich das sehr ungern tue. Es ist das erstemal in meiner Laufbahn, daß . . .«

»Aber du wirst es tun, nicht wahr?«

»Natürlich.«

»Das Telegramm wird bestimmt gegen Mittag hier sein. Er kann dann mit dem Drei-Uhr-Zug abfahren. Sorg dafür, daß das Telegramm zur Zeit kommt.«

»Geht es Luise gut?«

»Ja, es geht ihr gut . . . Gute Nacht. Vergiß nicht . . . Ich werde dir alles noch erklären. Mach dir um Himmels willen keine Gedanken. Grüß deine Frau.«

Das Postfräulein merkte an Maigrets Gesicht, daß das Gespräch beendet war, und stöpselte wieder. Und dann sagte sie zu dem Kommissar, der seinen Hut aufsetzte und seine Pfeife ansteckte: »Sie glauben also, daß es wahr ist?«

»Was?«

»Was man erzählt. Ich kann mir nicht vorstellen, daß ein Mann wie Herr Etienne, der alles hat, was man braucht, um glücklich zu sein . . .«

»Gute Nacht. Befürchten Sie nichts. Ich werde nichts verraten.«

»Was haben sie gesagt?«

»Nichts Interessantes. Familienangelegenheiten.«

»Fahren Sie nach Paris zurück?«

»Vielleicht . . . Mein Gott, ja. Es besteht durchaus die Möglichkeit, daß ich morgen den Nachmittagszug nehme.«

Er war jetzt wieder er selbst, und er wunderte sich fast, daß der Junge noch auf ihn in der Küche wartete. Auch er wunderte sich, einen Maigret zu sehen, der ganz anders war als der, den er kannte, einen Maigret, der ihn kaum beachtete, was ihn fast kränkte.

Sie standen wieder draußen im Dunkel und im Nebel, als Louis fragte: »Er ist es, nicht wahr?«

»Wer? Was?«

»Naud. Er hat Albert getötet.«

»Ich weiß es nicht, mein Lieber. Das . . .«

Maigret hielt noch rechtzeitig inne. Er hatte sagen wollen: *Das spielt keine Rolle.* Denn das dachte er oder, genauer gesagt, spürte er, aber er war sich bewußt, daß der junge Mann auffahren würde, wenn er es sagte.

»Was hat er gesagt?«

»Nichts Besonderes. Übrigens, Groult-Cotelle . . .«

Sie kamen an den beiden noch erleuchteten Gasthöfen vorüber. In dem einen sah man hinter den Scheiben schattenhafte Gestalten.

»Ja?«

»Ist er immer mit den Nauds eng befreundet gewesen?«

»Nein, nicht immer. Das Haus gehört schon lange seiner Familie, aber als ich noch ein kleiner Junge war und wir dort vor der Tür spielten, stand es leer. Ich erinnere mich daran, denn wir sind öfter durch ein nicht fest schließendes Fenster in den Keller gestiegen. Herr Groult-Cotelle lebte damals bei Verwandten, denen, glaube ich, ein Schloß in der Bretagne gehört. Als er wiederkam, war er verheiratet. Sie müßten sich bei Leuten erkundigen, die älter sind als ich. Ich war damals wohl erst sechs oder sieben Jahre. Ich erinnere mich, daß seine Frau ein hübsches kleines gelbes Auto hatte, das sie selbst steuerte und in dem sie oft allein spazierenfuhr.«

»Verkehrte das Ehepaar mit den Nauds?«

»Nein. Bestimmt nicht. Herr Groult hockte immer bei dem alten Arzt, der Witwer war. Ich sehe sie noch am Fenster sitzen und Schach spielen. Wenn ich mich nicht täusche, verkehrte er wegen seiner Frau nicht mit den Nauds, mit denen er früher befreundet gewesen war, weil Naud und er zusammen in der Schule gewesen waren. Sie grüßten sich auf der Straße und sprachen ein paar Worte miteinander. Aber damit hatte es sich.«

»Also erst, nachdem Frau Groult-Cotelle fortgegangen ist . . .«

»Ja. Seit etwa drei Jahren. Fräulein Naud war damals sechzehn oder siebzehn. Sie kam aus dem Internat zurück, denn sie war lange in Niort, und man sah sie nur jeden vierten Sonntag hier. Ich erinnere mich deshalb so genau daran, weil man immer wußte, daß es der dritte Sonntag im Monat war, außer in den Ferien. Sie sind Freunde geworden. Herr Groult hat die Hälfte seiner Zeit bei den Nauds verbracht . . .«

»Fahren sie nicht gemeinsam in die Ferien?«

»Ja, nach Sables d'Olonne. Die Nauds haben sich dort eine Villa bauen lassen. Gehen Sie jetzt zu ihnen zurück? Wollen Sie nicht wissen, ob der Detektiv . . .«

Der junge Mann blickte zu Groults Haus hin, wo immer noch ein dünner Lichtschein durch die Läden sickerte. Sicherlich stellte er sich eine polizeiliche Untersuchung nicht so vor, wie Maigret sie führte. Er war ein wenig enttäuscht, ohne aber zu wagen, es zu zeigen.

»Was hat er gesagt, als Sie hereingekommen sind?«

»Cadavre? Nichts. Nein, er hat nichts gesagt. Das ist übrigens auch gleichgültig.«

Er antwortete seinem jungen Begleiter zerstreut, ohne recht zu wissen, worum es sich eigentlich handelte.

Wie oft hatte man bei der Kriminalpolizei über den Maigret solcher Augenblicke gescherzt! Er wußte, daß man hinter seinem Rücken darüber sprach.

Ein Maigret, der wie blind und taub war, ein Maigret, den ein Vorüberkommender oder jemand, der ihn ahnungslos ansprach, für einen großen Dummkopf oder Trottel hätte halten können.

»Sie sind wohl ganz in Gedanken versunken?« hatte jemand zu ihm gesagt, der sich auf seine Psychologie etwas zugute tat. Und er hatte mit seltsamer Aufrichtigkeit geantwortet: »Ich denke nie.«

Und das stimmte fast. Auch jetzt auf der feuchten und kalten Straße dachte er nicht, hing keinem Gedanken nach.

Da öffnete sich plötzlich eine Tür. Alban brachte seinen Besucher hinaus. Er haßte ihn. Was hatten sie sich noch gesagt, Cavre und er, in dem verstaubten Salon, nach dem Telefongespräch mit Naud?

Die Tür schloß sich wieder. Cadavre ging schnell, seine Aktentasche unterm Arm. Er war zufrieden und unzufrieden zugleich. Im Grunde hatte er die Partie fast gewonnen. Er hatte über Maigret triumphiert. Morgen würde der Kommissar nach Paris zurückgerufen werden. Aber er fand es ein wenig demütigend, daß er das nicht allein erreicht hatte. Und da war auch die beunruhigende Drohung, die Maigret hinsichtlich der Mütze ausgesprochen hatte ...

Sein Angestellter erwartete ihn im ›Goldenen Löwen‹, wo er einen Schnaps nach dem anderen trank.

»Gehen Sie sofort zu den Nauds zurück?« fragte Louis.

»Ja, mein Lieber. Was sollte ich anderes tun?«

»Sie werden doch nicht lockerlassen?«

»Was lockerlassen?«

Maigret kannte sie alle so gut. Wie vielen solcher leidenschaftlicher, naiver und durchtriebener Louis' war er in seinem Leben begegnet. Menschen, für die es kein Hindernis gab, die um jeden Preis ihr Ziel erreichen wollten.

Das wird dir auch vergehen, mein Lieber, dachte er. *In wenigen Jahren wirst du einen Naud oder einen Groult tief grüßen, weil dir dann klargeworden ist, daß das das Klügste ist, wenn man der Sohn eines Fillou ist.*

Frau Retailleau hatte das längst begriffen. Sie war

zweifellos eine gute Ehefrau gewesen, wie die andern eine gute Mutter.

Es fehlte ihr vielleicht nicht an Gefühl, aber sie hatte erkannt, daß Gefühle nichts nützen, und sie hatte resigniert. Sie hatte es aufgegeben, sich mit anderen Waffen zu verteidigen.

Der Tod ihres Mannes hatte ihr ein Haus und eine Rente eingebracht, was ihr ermöglichte, ihren Sohn großzuziehen und ihm eine gute Ausbildung zu geben. Alberts Tod –

»Ich wette«, murmelte er halblaut, »daß sie gern ein kleines Haus in Niort hätte, ein kleines, neues, blitzsauberes Haus, in dem sie zwischen den Bildern ihres Mannes und ihres Sohnes einen friedlichen Lebensabend verbringen könnte.«

Was Groult und seine perversen Lüste betraf –

»Sie gehen ja so schnell, Herr Kommissar.«

»Begleitest du mich bis zum Haus?«

»Ist Ihnen das nicht recht?«

»Wird sich deine Mutter nicht Sorgen machen?«

»Ach, die kümmert sich nicht um mich.«

Der Ton, in dem er das sagte, klang stolz und traurig zugleich. Sie waren schon über den Bahnhof hinaus und gingen jetzt auf dem schlammigen Weg, der am Kanal entlangführte. Der alte Désiré schlief gewiß auf seinem alten schmutzigen Strohsack seinen Rausch aus. Josaphat, der Briefträger, war stolz auf sich und berechnete wahrscheinlich, wieviel ihm sein glänzendes Verhalten und seine Gerissenheit einbringen würden.

Am Ende des Weges stand ein großes, schönes Haus, eines jener Häuser, das die Vorübergehenden mit Neid betrachten und in dem, wie man glaubt, es sich gut leben lassen muß.

»Wir müssen uns jetzt trennen, mein Lieber. Ich bin am Ziel.«

»Wann werde ich Sie wiedersehen? Versprechen Sie mir, daß Sie nicht abfahren, ohne ...«

»Ich verspreche es.«

»Werden Sie bestimmt nicht lockerlassen?«

»Bestimmt nicht.«

Maigret war nicht gerade glücklich über das, was ihm noch zu tun blieb. Er ging mit hängenden Schultern auf die Treppe zu. Die Tür war angelehnt. Man hatte sie für ihn offen gelassen. Im Salon brannte Licht.

Er seufzte, während er seinen schweren Mantel auszog, und blieb einen Augenblick auf der Matte stehen, um seine Pfeife anzustecken.

Der arme Etienne erwartete ihn, hin und her gerissen zwischen Hoffnung und Angst, in dem Sessel, in dem am Nachmittag Frau Naud gesessen und die gleichen Qualen gelitten hatte.

Auf dem kleinen Tisch stand eine Flasche Armagnac, der er offensichtlich reichlich zugesprochen hatte.

8

Maigret war nicht wohl zumute. Er fühlte sich, als steckte ihm eine Grippe in den Gliedern, weil er die Aufgabe, die ihn erwartete, nicht liebte.

Er sah nichts und sah alles. Das Glas und die Armagnacflasche und das zu glatt gekämmte Haar Etienne Nauds, der ihn mit gespielter Heiterkeit fragte: »Haben Sie einen netten Abend verbracht, Herr Kommissar?«

Er hatte sich bestimmt erst gerade gekämmt. Er hatte immer einen Kamm in der Tasche, denn er war eitel. Aber sicherlich war er sich, als er allein hier wartete und vor Ungeduld verging, mit fiebrigen Fingern durchs Haar gefahren.

Statt ihm zu antworten, rückte Maigret ein Bild, das an

der linken Wand hing, zurecht. Er tat es nicht nur, um Zeit zu gewinnen. Er konnte es nicht ertragen, ein Bild schief an einer Wand hängen zu sehen. Das reizte ihn, und er hatte kein Verlangen, während der Partie, die er jetzt spielen würde, sich durch etwas so Nebensächliches aufbringen zu lassen.

Es war heiß. In der Luft hing noch ein Essensgeruch, der sich mit dem Geruch des Armagnacs vermischte, von dem der Kommissar sich schließlich auch ein Glas einschenkte.

»Na also«, seufzte er dann.

Naud zuckte zusammen. Dieses ›Na also‹ klang so, als setzte Maigret damit einen Schlußpunkt hinter alle Zweifel, mit denen er sich herumgeschlagen hatte.

In den Räumen der Kriminalpolizei oder wenigstens in amtlicher Eigenschaft hätte sich Maigret verpflichtet gefühlt, die üblichen Mittel anzuwenden. Er würde Naud dann sich erst einmal in Lügen verstricken lassen, darauf würde er auf zwei Telefongespräche vage anspielen und schließlich unvermittelt sagen: *Ihr Freund Alban wird morgen früh verhaftet.*

Nein, so ging es nicht. Er lehnte sich an den Kamin, dicht neben dem Sessel, in dem Naud saß.

»Ich werde morgen um drei abfahren, wie Sie es wünschen«, seufzte er schließlich, nachdem er zwei- oder dreimal an seiner Pfeife gezogen hatte.

Er hatte Mitleid. Er war verlegen vor diesem Mann, der fast in seinem Alter war, dessen ganzes Leben regelmäßig, behaglich, harmonisch gewesen war und der in diesem Augenblick unter der Drohung, bis ans Ende seiner Tage zwischen den vier Wänden einer Gefängniszelle eingesperrt zu sein, alles aufs Spiel setzte. Würde er sich wehren, würde er weiter lügen? Maigret wünschte es nicht – wie man aus Mitleid den schnellen Tod eines Tieres wünscht, das man versehentlich verletzt hat. Er vermied es, ihn anzublicken, und starrte auf den Teppich.

»Warum sagen Sie das, Herr Kommissar? Sie wissen doch, wie willkommen Sie uns sind. Sie wissen auch, daß wir alle für Sie ebensoviel Bewunderung wie Sympathie haben.«

»Ich habe Ihr Telefongespräch mit Ihrem Schwager abgehört, Herr Naud. Sie haben sich übrigens in mir getäuscht. Ihr Schwager Bréjon hat mich gebeten, Ihnen in seiner schwierigen Sache beizustehen. Mir war sofort klar, Sie können mir das glauben, daß er Ihre Bitte falsch gedeutet hatte und daß es nicht eine Hilfe dieser Art war, die Sie von mir erwarteten. Sie haben ihm in einem Augenblick der Kopflosigkeit geschrieben, um ihn um einen Rat zu bitten. Sie haben ihm von den Gerüchten berichtet, ohne ihm allerdings zu sagen, daß sie nicht aus der Luft gegriffen sind, und er, der anständige, gewissenhafte Mann, hat einen Kriminalkommissar geschickt, um Ihnen aus der Patsche zu helfen.«

Naud erhob sich schwerfällig und ging zu dem kleinen Tisch, wo er sich einen Armagnac eingoß. Seine Hand zitterte. Seine Stirn war gewiß feucht. Maigret sah es nicht, denn er blickte ihn aus Mitgefühl absichtlich nicht an.

»Ich wäre gleich nach meiner Ankunft und unserer ersten Unterredung wieder abgereist, wenn Sie nicht Justin Cavre gerufen hätten und wenn nicht dessen Anwesenheit mich geärgert und zum Bleiben bewogen hätte.«

Naud leugnete nicht, daß er Cavre hatte kommen lassen. Er spielte mit seiner Uhrkette, starrte unverwandt auf das Porträt seiner Schwiegermutter.

»Ich habe natürlich, da ich nicht in offiziellem Auftrag hier bin, niemandem Rechenschaft abzulegen. Sie haben also nichts von mir zu befürchten. Herr Naud. Und das macht es mir um so leichter, mit Ihnen zu sprechen. Sie haben schwere Wochen hinter sich, nicht wahr? Und Ihre

Frau auch. Ich bin davon überzeugt, daß sie von allem weiß ...«

Der andere ergab sich noch nicht. Er war an dem Punkt angelangt, wo ein Nicken, ein Murmeln genügte, um aller Ungewißheit ein Ende zu machen. Danach würde er Frieden haben. Er würde sich entspannen können. Er würde nichts mehr verbergen, sich nicht mehr verstellen müssen.

Seine Frau oben schlief gewiß nicht, sondern horchte beunruhigt, da sie die beiden Männer nicht heraufkommen hörte. Ob seine Tochter Schlaf gefunden hatte?

»Ich werde Ihnen jetzt sagen, Herr Naud, was ich denke, und Sie werden dann verstehen, warum ich nicht, ohne etwas zu sagen, abgefahren bin. Das wollte ich, so seltsam Ihnen das erscheinen mag, eigentlich tun. Hören Sie mir gut zu und mißverstehen Sie mich nicht. Ich habe das sehr deutliche Gefühl, ja geradezu die Gewißheit, daß Sie, so schuldig Sie auch am Tode Albert Retailleaus sein mögen, zugleich ein Opfer sind. Ich gehe noch weiter. Wenn Sie auch das Werkzeug gewesen sind – Sie sind nicht der wirklich Schuldige.«

Und Maigret goß sich wieder einen Armagnac ein, um Naud Zeit zu geben, über den Sinn seiner Worte nachzudenken. Da Naud aber weiter schwieg, blickte er ihn schließlich fest an und fragte: »Haben Sie kein Vertrauen?«

Das, was auf diese Frage folgte, war ebenso peinlich wie unerwartet, denn Nauds Kapitulation äußerte sich in einem Tränenausbruch. Er stürzte zur Wand, legte beide Arme daran, um seinen Kopf zu verbergen. Seine Schultern hoben und senkten sich ruckweise.

Zweimal versuchte er zu sprechen, aber es war noch zu früh. Er war noch nicht wieder ruhig genug. Maigret hatte sich diskret abgewandt, vor den Kamin gesetzt und rückte, da er nicht in dem Feuer stochern konnte, wie er es gewohnt war, mit der Feuerzange die Scheite zurecht.

»Wenn Sie wollen, werden Sie mir nachher offen berichten, was geschehen ist. Es ist allerdings kaum notwendig. Denn was sich an dem Abend ereignet hat, läßt sich leicht rekonstruieren.«

»Was meinen Sie?«

»Ahnten Sie nichts von den Beziehungen zwischen Ihrer Tochter und dem jungen Mann?«

»Aber, Herr Kommissar, ich kannte ihn ja gar nicht, ich meine, ich wußte zwar, daß es ihn gab, weil ich mehr oder weniger alle Leute im Ort kenne, aber ich habe nie mit ihm gesprochen. Ich frage mich noch jetzt, wo Geneviève, die fast nie ausgeht, ihn kennengelernt hat.«

»Lagen Sie und Ihre Frau im Bett?«

»Ja. Ach, und so lächerlich das klingt, wir hatten am Abend Gänsebraten gegessen. Ich esse Gänsebraten sehr gern, obwohl er mir immer schwer im Magen liegt. Gegen ein Uhr morgens bin ich aufgestanden, um etwas Natron zu nehmen. Sie kennen ja jetzt ungefähr die Lage der Zimmer bei uns. Hinter meinem Schlafzimmer befindet sich mein Waschraum, und dann kommt ein Gastzimmer, und dahinter ein Zimmer, das wir nie betreten, weil ...«

»Ich weiß, das Zimmer Ihres toten Kindes.«

»Das letzte ist das Zimmer meiner Tochter, das also ganz für sich liegt. Die beiden Mädchen schlafen im Stock darüber. Ich war in meinem Waschraum. Ich tastete im Dunkeln, denn ich wollte meine Frau nicht wecken, die mir sonst Vorwürfe gemacht hätte. Ich habe ein Stimmengemurmel gehört. Irgendwo im Hause stritt man sich. Aber ich habe nicht im geringsten daran gedacht, daß es im Zimmer meiner Tochter sein könnte. Als ich dann aber durch den Flur ging, hatte ich den Beweis dafür. Übrigens war auch ein Lichtschein unter ihrer Tür zu sehen. Ich habe eine Männerstimme gehört. Ich weiß nicht, was Sie an meiner Stelle getan hätten, Herr Kommissar. Ich weiß nicht, ob Sie eine Tochter haben. Wir sind hier in Saint Aubin ziemlich altmodisch, und ich bin vielleicht besonders naiv. Geneviève ist zwanzig Jahre alt ... Nun, nie war mir der Gedanke gekommen, daß sie ihrer Mutter und mir etwas verheimlichen könnte – und daß gar ein Mann ... Nein, wissen Sie, auch jetzt noch nicht ...«

Er wischte sich die Augen und zog mechanisch ein Päckchen Zigaretten aus seiner Tasche.

»Ich wäre fast im Nachthemd hereingestürzt, denn auch darin bin ich altmodisch: ich trage immer noch Nachthemden und keine Pyjamas. Aber im letzten Augenblick kam ich mir in dieser Aufmachung lächerlich vor, und so bin ich in den Waschraum zurückgegangen und habe mich im Dunkeln angezogen. Als ich meine Strümpfe anzog, hörte ich wieder ein Geräusch, diesmal draußen. Da die Läden des Waschraumes nicht geschlossen waren, habe ich den Vorhang zur Seite geschoben. Der Mond schien, und ich konnte eine Männergestalt sehen, die aus dem Zimmer meiner Tochter auf einer Leiter in den Hof hinunterstieg.

Ich weiß nicht mehr, wie ich in meine Schuhe gekommen bin. Ich bin auf die Treppe hinausgestürzt. Ich glaubte, die Stimme meiner Frau zu hören, ›Etienne‹, aber ich war dessen nicht sicher.

Ist Ihnen vielleicht der Schlüssel der Tür aufgefallen, die auf den Hof geht? Es ist ein riesiger alter Schlüssel, ein wahres Ungetüm. Ich möchte nicht beschwören, daß ich ihn aus Versehen mitgenommen habe, aber es ist auch nicht mit Vorbedacht geschehen, denn ich hatte nicht vor, ihn zu töten, und wenn man mir in jenem Augenblick gesagt hätte ...«

Er sprach mit leiser, zitternder Stimme. Um sich zu beruhigen, steckte er sich eine Zigarette an und tat ein paar lange Züge.

»Der Mann ging um das Haus herum und stieg über die zur Straße hin liegende niedrige Mauer. Ich kletterte ihm nach, ohne dabei daran zu denken, das Geräusch meiner Schritte zu dämpfen. Er mußte mich also hören, und dennoch ging er ohne Hast. Als ich nur noch ein kleines Stück von ihm entfernt war, drehte er sich um. Obwohl ich sein Gesicht nicht sah, hatte ich den Eindruck, ich weiß nicht warum, daß er höhnisch lächelte.

›Was wollen Sie von mir?‹ fragte er aggressiv.

Ich schwöre Ihnen, Herr Kommissar, es gibt Augenblicke, von denen man wünscht, man hätte sie nie erlebt. Ich sah einen blutjungen Kerl vor mir, aber dieser blutjunge Kerl kam aus dem Zimmer meiner Tochter, und machte sich über mich lustig.

Solche Dinge gehen nicht vor sich, wie man es sich vorstellt. Ich schüttelte ihn an den Schultern, ohne die Worte zu finden, die ich ihm gern gesagt hätte, und er zischte: ›Ärgert es Sie, daß ich mit Ihrer Hure von Tochter Schluß gemacht habe? Ihr steckt alle unter einer Decke, wie?‹«

Er strich sich mit der Hand übers Gesicht.

»Ich weiß nicht mehr, was dann geschah. Mit dem besten Willen könnte ich Ihnen nicht genau berichten, was geschah. Er war ebenso wütend wie ich, hatte sich aber mehr in der Gewalt. Er beleidigte mich und beleidigte meine Tochter. Statt vor mir auf die Knie zu fallen, wie ich es vielleicht in meiner Dummheit erwartet hatte, machte er sich über mich, meine Frau, über mein Haus lustig. Er sagte: ›Wirklich eine hübsche Familie!‹

Er beschimpfte meine Tochter, die ordinärsten Ausdrücke, die ich nicht wiederholen kann. Und da habe ich ihn, ich weiß nicht, wie es gekommen ist, geschlagen. Ich hatte den Schlüssel in der Hand. Und ehe ich mich versah, hat er mich mit dem Kopf in den Magen gestoßen. Der Schmerz war so heftig, daß ich wie besessen mit dem Schlüssel auf ihn eingeschlagen habe. Er ist hingestürzt. Und ich bin entsetzt nach Hause zurückgelaufen.

Ich schwöre Ihnen, das alles ist wahr. Ich wollte die Gendarmerie in Benet anrufen. Aber als ich mich dem Haus näherte, sah ich Licht im Zimmer meiner Tochter.

Ich habe gedacht, wenn ich die Wahrheit sagte ... Und so bin ich umgekehrt. Er war tot.«

»Sie haben ihn dann auf die Gleise getragen?« sagte Maigret.

»Ja.«

»Ganz allein?«

»Ja.«

»Und als Sie in Ihr Haus zurückgekehrt sind?«

»Da stand meine Frau hinter der Tür, die auf die Straße geht. Sie hat mich leise gefragt: ›Was hast du getan?‹ Ich habe versucht, zu leugnen, aber sie wußte Bescheid. Sie hat mich entsetzt und mitleidig angeblickt. Und dann hat sie in dem Waschraum, während ich mich schlafen legte, wie im Fieber eines meiner Kleidungsstücke nach dem anderen genau betrachtet, um sich zu vergewissern, daß ...«

»Ich verstehe.«

»Ob Sie es nun glauben oder nicht, seitdem haben weder meine Frau noch ich den Mut gehabt, mit unserer Tochter darüber zu sprechen. Nie ist ein Wort zwischen uns über dieses Thema gefallen, nie haben wir auch nur darauf angespielt. Das ist vielleicht das Furchtbarste von allem. Das Leben im Haus geht weiter wie früher, und dennoch wissen wir drei ...«

»Und Alban?«

»Ich weiß nicht, wie ich es Ihnen sagen soll ... Zuerst habe ich gar nicht an ihn gedacht. Am nächsten Tag dann war ich überrascht, daß er nicht wie sonst zum Mittagessen zu uns kam. Ich habe daraufhin gesagt: ›Wir müssen Alban anrufen.‹ Ich habe es selber getan. Sein Mädchen hat mir geantwortet, daß er nicht zu Hause sei. Trotzdem war ich sicher, seine Stimme in dem Zimmer, in dem das Mädchen sprach, gehört zu haben.

Es ist bei mir zu einer fixen Idee geworden. Warum kommt Alban nicht? Hat Alban einen Verdacht? Ich habe mir schließlich, so lächerlich es ist, das zu gestehen, eingebildet, die einzige Gefahr drohe von Alban, und als er auch in den nächsten vier Tagen nicht bei uns erschien, bin ich zu ihm gegangen.

Ich wollte den Grund wissen. Ich hatte nicht die Absicht, ihm etwas zu sagen, und dennoch habe ich ihm alles erzählt. Ich brauchte ihn. Sie würden das verstehen, wenn Sie in meiner Lage gewesen wären. Er berichtete mir, was man im Ort erzählte. Er hat mir auch von dem Begräbnis berichtet. So habe ich von den ersten Verdächtigungen erfahren, und da hat sich ein anderer Gedanke in mir festgesetzt: Das wieder gutzumachen, was ich getan hatte. Lächeln Sie bitte nicht ...«

»Ach, ich habe schon so viele andere gesehen, Herr Naud.«

»Haben sich die anderen, wie Sie sagen, ebenso dumm benommen, wie ich? Haben Sie eines schönen Tages die Mutter ihres Opfers aufgesucht, wie ich es getan habe? Ich bin spät abends zu ihr gegangen. Ich habe ihr allerdings nicht die Wahrheit gestanden. Ich habe ihr gesagt, es sei ein großes Unglück für sie, daß sie, die schon ihren Mann verloren hat, jetzt ohne jede Stütze sei.

Ich frage mich, ob sie ein Engel oder ein Teufel ist, Herr Kommissar. Ich sehe sie bleich und starr, einen Schal über den Schultern, an ihrem Herd stehen. Ich hatte zwei Bündel Tausendfrancscheine in der Tasche. Ich wußte nicht, wie ich sie herausholen und auf den Tisch legen sollte. Ich schämte mich vor mir. Ich schämte mich auch vor ihr.

Und dennoch habe ich die Scheine auf den Tisch gelegt. ›Ich werde es mir zur Pflicht machen, Ihnen jedes Jahr ...‹ Und da sie die Stirn runzelte, habe ich hastig hinzugefügt: ›Es sei denn, daß es Ihnen lieber ist, wenn ich auf Ihren Namen gleich eine Summe einzahle, die ...‹«

Er schwieg und goß sich noch einen Armagnac ein. »So war es – und es war ein Fehler von mir, daß ich nicht gleich zu Anfang gestanden habe. Danach war es zu spät.

Äußerlich hatte sich im Haus nichts geändert. Ich weiß nicht, wie Geneviève den Mut gehabt hat, weiterzuleben, als wäre nichts geschehen, und es hat Augenblicke gegeben, in denen ich mich gefragt habe, ob ich noch ganz richtig im Kopf bin.

Als ich erfuhr, daß Leute im Dorf mich verdächtigen, als ich anonyme Briefe bekam und hörte, daß man andere an die Staatsanwaltschaft geschickt hatte, habe ich dummerweise an meinen Schwager geschrieben. Denn was konnte er tun, zumal er die Wahrheit kannte? Ich bildete mir ein, daß Richter die Macht haben, einen Skandal zu vertuschen, wie man so oft hört ... Aber statt dessen hat er Sie hergeschickt, als ich mich gerade an eine Privatdetektei gewandt hatte ... Ja, auch das habe ich getan. Ich habe mir eine Adresse aus den Annoncen in den Zeitungen herausgesucht. Und ich, der ich mich nie meinem Schwager anvertraut hätte, habe alles einem Unbekannten gestanden, weil ich unbedingt beruhigt werden wollte.

Er wußte, daß Sie kamen. Denn als mein Schwager mir mitgeteilt hat, daß Sie kommen würden, habe ich sofort an die Detektei Cavre telegrafiert. Wir haben uns für den nächsten Tag in Fontenay verabredet.

Was möchten Sie noch wissen, Herr Kommissar? Wie sehr müssen Sie mich verachten. Ja, ja, ich verachte mich auch. Dessen dürfen Sie gewiß sein. Ich wette, daß unter allen Verbrechern, denen Sie begegnet sind, keiner so dumm war.«

Zum erstenmal lächelte Maigret. Etienne Naud war ehrlich. Seine Verzweiflung war nicht gespielt. Aber wie bei allen Verbrechern – um den Ausdruck zu gebrauchen, den er gerade selber gebraucht hatte – hatte seine Haltung plötzlich etwas von Stolz.

Es ärgerte und beschämte ihn, ein so kläglicher Verbrecher zu sein.

Einige Minuten lang sagte Maigret kein Wort, sondern

blickte in die Flammen, die aus den schon halb verkohlten Scheiten aufzüngelten. Etienne Naud, der nicht wußte, wie er sich das deuten sollte, blieb zögernd mitten im Zimmer stehen.

Da er alles gestanden, da er sich freiwillig gedemütigt hatte, rechnete er damit, vom Kommissar getröstet zu werden. Hatte er sich nicht tief erniedrigt? Hatte er nicht ein ergreifendes Bild von seinem Leid und dem seiner Familie gezeichnet?

Vorhin, vor dem Geständnis, hatte er das Gefühl gehabt, daß Maigret gerührt und bereit war, sich noch mehr rühren zu lassen. Er hatte auf diese Rührung vertraut.

Aber nun war nicht das geringste davon zu spüren. Der Kommissar rauchte seelenruhig seine Pfeife, und sein Blick verriet nur, daß er intensiv nachdachte, ohne jede Sentimentalität.

»Was – was würden Sie an meiner Stelle tun?« fragte Naud stockend.

Ein einziger Blick belehrte ihn, daß er vielleicht zu weit gegangen war, wie Kinder, denen man eben etwas verziehen hat, sich die Nachsicht zunutze machen, um sich fordernder und unerträglicher zu zeigen.

Woran dachte Maigret? Naud fürchtete schon, er habe ihm nur eine Falle gestellt. Er war fast darauf gefaßt, den Kommissar aufstehen, Handschellen aus seiner Tasche ziehen zu sehen und die Worte zu hören: *Im Namen des Gesetzes ...*

»Ich überlege«, begann Maigret zögernd, während er wieder an seiner Pfeife zog, »ich überlege, ob wir nicht Ihren Freund Alban anrufen sollten. Wie spät ist es? Zehn nach zwölf ... Das Postfräulein ist bestimmt noch nicht schlafen gegangen und wird uns die Verbindung herstellen. Wenn Sie nicht zu müde sind, Herr Naud, dann ist es, glaube ich, das Beste, wir schließen den Fall heute abend noch ab, damit ich morgen abreisen kann.«

»Aber ...«

Naud fand die Worte nicht. Er wagte nicht, die Worte auszusprechen, die ihm auf die Lippen kamen: *Aber ist er denn noch nicht abgeschlossen?*

»Erlauben Sie?«

Maigret ging in den Flur und drehte die Kurbel des Telefons.

»Hallo ... Entschuldigen Sie, daß ich Sie störe, Fräulein ... Ich bin es, ja ... Sie haben meine Stimme erkannt? ... Aber nein. Es ist nichts Schlimmes passiert. Würden Sie so freundlich sein und mich mit Herrn Groult-Cotelle verbinden? Läuten Sie laut und lange, falls er fest schläft ...«

Durch die halboffene Tür sah er Etienne Naud, der das alles nicht mehr verstand, der sich in sein Schicksal fügte und einen großen Schluck Armagnac trank.

»Herr Groult-Cotelle? ... Wie geht es Ihnen? Lagen Sie schon im Bett? ... Was sagten Sie? Sie haben im Bett gelesen? ... Ja, hier Kommissar Maigret ... Ja, ich bin bei Ihrem Freund ... Wir unterhalten uns ... Wie? Sie haben sich erkältet? Das trifft sich schlecht. Man könnte meinen, Sie haben erraten, was ich sagen wollte ... Es wäre uns sehr lieb, wenn Sie auf einen Sprung herkämen ... Ja ... Der Nebel, ich weiß ... Nun, dann werden wir zu Ihnen kommen. Mit dem Wagen sind wir schnell dort ... Wie? Sie möchten lieber herkommen? ... Nein, nichts Besonderes. Ich reise morgen ab. Stellen Sie sich vor, mich rufen dringende Angelegenheiten nach Paris zurück.«

Der arme Naud begriff immer weniger und blickte zur Decke, weil er gewiß dachte, daß seine verängstigte Frau alles mithörte. Sollte er hinaufgehen und sie beruhigen? Konnte er selber wirklich beruhigt sein?

Maigrets Haltung ließ ihn zweifeln. Er begann schon sein Geständnis zu bereuen.

»Was sagen Sie? ... In einer Viertelstunde? Das ist

sehr lange. Kommen Sie so schnell wie möglich. Bis gleich. Danke.«

Vielleicht spielte der Kommissar nur ein wenig Theater. Vielleicht hatte er wirklich gar keinen Hunger. Vielleicht hatte er keine Lust, zehn Minuten oder eine Viertelstunde allein mit Etienne Naud in dem Salon zu warten.

»Er kommt«, sagte er. »Er ist sehr besorgt. Sie können sich die Verfassung nicht vorstellen, in die ihn mein Anruf versetzt hat.«

»Aber er hat doch keinen Grund ...«

»Glauben Sie?« fragte Maigret.

Naud wurde aus allem nicht mehr klug.

»Haben Sie etwas dagegen, wenn ich mir aus der Küche etwas zu essen hole? Bleiben Sie sitzen – ich finde den Schalter schon. Und ich weiß auch, wo der Kühlschrank steht.«

Er machte Licht. Das Feuer im Herd war erloschen. Er fand einen Hühnerschenkel und schnitt eine dicke Scheibe Brot ab, die er mit Butter bestrich.

»Sagen Sie ...« Er kam kauend in den Salon zurück. »Ist kein Bier im Haus?«

»Möchten Sie nicht lieber ein Glas Burgunder trinken?«

»Ich habe Appetit auf Bier, aber wenn Sie keins haben ...«

»Im Keller ist sicherlich noch welches. Ich lasse immer ein paar Kisten kommen. Aber da wir nur selten Bier trinken, weiß ich nicht, ob ...«

Wie nach einem erschütternden Todesfall die Angehörigen mitten in der Nacht oft eine Weile ihr Weinen und Schluchzen unterbrechen, um sich zu stärken, so stiegen die beiden Männer nach der dramatischen Stunde, die sie soeben erlebt hatten, in den Keller hinunter.

»Nein, das ist Limonade. Warten Sie ... Das Bier muß unter der Treppe liegen.«

Es stimmte. Sie stiegen mit den Flaschen unter den

Armen wieder hinauf. Dann galt es große Gläser zu finden. Maigret aß immer noch, hielt den Hühnerschenkel zwischen den Fingern. Das Fett der Sauce tropfte über sein Kinn.

»Ich bin gespannt«, sagte er harmlos, »ob Ihr Freund Alban allein kommen wird.«

»Wieso?«

»Ich möchte mit Ihnen wetten . . .«

Aber sie hatten nicht mehr die Zeit, zu wetten. Es klopfte leise an die Haustür. Etienne eilte, um sie zu öffnen, während Maigret mit seinem Bier, seinem Brot und seinem Huhn sich in die Mitte des Salons stellte.

Er hörte Stimmengemurmel: »Ich habe mir erlaubt, den Herrn mitzubringen, den ich unterwegs getroffen habe und der . . .«

Maigrets Augen verdüsterten sich eine Sekunde lang, aber gleich darauf funkelten sie heiter, während er rief: »Treten Sie ein, Cadavre! Ich habe Sie schon erwartet!«

9

Sie waren alle ungefähr gleich alt. Während Maigret die anderen nacheinander beobachtete, hatte er ein wenig das Gefühl, einer Zusammenkunft von Abiturienten beizuwohnen.

Etienne Naud hatte gewiß zur Zeit seines Abiturs so robust und sanft zugleich, so wohlerzogen und etwas schüchtern gewirkt.

Und Cadavre, den der Kommissar schon aus der Zeit kannte, als er kaum die Schule verlassen hatte, war damals ein mürrischer Einzelgänger gewesen. Er konnte tun, was er wollte – denn er war von jeher eitel –, seine Anzüge saßen nie so wie bei den anderen. Er wirkte stets schlecht gekleidet. Als er noch ein kleiner

Junge war, hatte seine Mutter sicherlich oft zu ihm gesagt: *Spiel doch mal mit den anderen, Justin.* Und bestimmt vertraute sie den Nachbarinnen an: *Mein Sohn spielt nie. Ich fürchte, das schadet seiner Gesundheit. Er ist zu klug, er grübelt die ganze Zeit.*

Was Alban betraf, so war seine Ähnlichkeit mit dem jungen Mann, der er gewesen war, frappierend: die langen, dürren Beine, das lange, schmale, mehr oder weniger aristokratische Gesicht, die langen, mit rötlichen Haaren bedeckten weißen Hände, die Eleganz eines Jungen aus vornehmer Familie. Er schrieb gewiß seine Aufsätze bei seinen Kameraden ab, borgte sich von ihnen Zigaretten und erzählte ihnen in einem Winkel unflätige Geschichten.

Jetzt sprachen sie mit dem größten Ernst von der Affäre, bei der einer von ihnen bis an das Ende seiner Tage hinter Gefängnismauern verschwinden würde. Es waren reife Männer. Zwei Kinder trugen den Namen Groult-Cotelle und hatten vielleicht einige seiner schlechten Eigenschaften geerbt. Hier im Hause lebten eine Frau und ein junges Mädchen, die an diesem Abend bestimmt keinen Schlaf fanden. Cadavre war wahrscheinlich bei dem Gedanken ganz nervös, daß seine Frau sich seine Abwesenheit zunutze machen würde.

Etwas Seltsames geschah. Während Etienne Naud vorhin ohne jede Scham Maigret seine Verbrechen gebeichtet und ihm von Mann zu Mann seine geheimsten Ängste gestanden hatte, errötete er jetzt bis an die Ohren, als er die beiden anderen in den Salon führte. Vergeblich versuchte er, sich ungezwungen zu geben.

War es nicht ein etwas kindliches Gefühl, das ihn so erröten ließ? Maigret wurde ein paar Sekunden lang der Lehrer. Naud war mit ihm allein geblieben, um über irgendeine Missetat ins Gebet genommen zu werden und einen Verweis zu erhalten. Seine Kameraden kamen jetzt zurück, blickten ihn forschend an und schienen zu fragen: *Hast du dich gut gehalten?*

Nein, er hatte sich schlecht gehalten, er hatte sich nicht verteidigt. Er hatte geweint. Er fragte sich, ob nicht auf seinen Wangen und an seinen Lidern noch Tränen waren. Er hätte gern geprahlt und in ihnen den Eindruck erweckt, daß alles gut gegangen war. Er machte sich zu schaffen, holte Gläser aus dem Büfett im Eßzimmer und goß Armagnac ein.

Maigret wartete, bis alle sich gesetzt hatten, dann stellte er sich in die Mitte des Salons, blickte nacheinander Cadavre und Alban an und sagte ohne Umschweife: »Nun, meine Herren, das Spiel ist aus! Wir haben vorhin, Herr Naud und ich, ein langes und herzliches Gespräch gehabt. Ich habe ihm gesagt, daß ich mich entschlossen habe, morgen nach Paris zurückzukehren. Und es war besser – nicht wahr? – bevor wir uns trennten, die Wahrheit zu sagen.

Warum zucken Sie zusammen, Herr Groult? Übrigens, Cadavre, Sie bitte ich um Entschuldigung, daß ich Sie in dem Augenblick, da Sie zu Bett gehen wollten, hierher bemüht habe.

Doch, doch, ich bin daran schuld. Ich wußte genau, als ich unseren Freund Alban anrief, daß er nicht den Mut hatte, allein zu kommen. Ich frage mich, warum er meine Aufforderung herzukommen, um sich mit uns zu unterhalten, wie eine Drohung empfunden hat.

Er hatte einen Detektiv an der Hand, und anstelle eines Anwalts hat er den Detektiv mitgebracht. Nicht wahr, Groult?«

»Ich habe ihn nicht aus Paris kommen lassen«, erwiderte Alban.

»Ich weiß. Sie haben den unglücklichen Retailleau nicht umgebracht, weil Sie zufällig in La Roche waren. Sie haben nicht Ihre Frau verlassen, da sie gegangen ist.

Nicht Sie ... Im Grunde sind Sie ein negativer Mensch. Sie haben nie etwas Gutes getan.«

Groult, dem es eine Qual war, sich so ins Gebet genommen zu sehen, blickte Cadavre hilfesuchend an, aber dieser, der seine Aktentasche auf den Knien liegen hatte, beobachtete Maigret mit einer gewissen Unruhe.

Er kannte die Kriminalpolizei und seinen ehemaligen Chef zu gut, um nicht zu wissen, daß Maigret mit allem ein bestimmtes Ziel verfolgte und daß am Ende dieser kleinen Versammlung die Affäre ihren Abschluß finden würde.

Etienne Naud hatte nicht protestiert, als der Kommissar sagte: »Das Spiel ist aus.«

Was wollte Maigret mehr? Er ging hin und her, stellte sich vor ein Porträt, ging von einer Tür zur anderen, wobei er wie improvisierend unentwegt sprach. Und bisweilen fragte sich Cadavre, ob er nicht Zeit gewinnen wollte, ob er nicht auf ein Ereignis warte, das er voraussah, das aber auf sich warten ließ.

»Ich fahre also morgen ab, wie Sie es alle wünschen, und ich könnte Ihnen – Ihnen vor allem, Cadavre, der Sie mich kennen, den Vorwurf machen, daß Sie wenig Vertrauen zu mir gehabt haben. Sie wußten, verflucht noch mal, daß ich nur Gast war, den man so gut behandelt hat, wie man einen Gast nur behandeln kann.

Was in diesem Haus vor meiner Ankunft geschehen ist, geht mich nichts an. Man hätte mich höchstens um einen Rat bitten können. Wie ist Nauds Lage? Er hat eine unselige, sogar sehr unselige Tat begangen. Aber hat jemand Anzeige erstattet?

Nein! Die Mutter des jungen Mannes hat sich damit abgefunden, wenn ich so sagen darf.«

Und Maigret sprach diesen furchtbaren Satz absichtlich in einem so harmlosen Ton aus, daß sie sich alle davon täuschen ließen.

»Alles geht zwischen wohlerzogenen Menschen vor

sich. Gewiß, Gerüchte laufen um. Man konnte zwei oder drei unangenehme Aussagen befürchten. Aber die Diplomatie unseres Freundes Cadavre und das Geld Nauds haben die Gefahr beseitigt. Was die Mütze betrifft, die übrigens kein ausreichendes Beweisstück bilden würde, so ist Cadavre wahrscheinlich so vorsichtig gewesen, sie zu vernichten. Nicht wahr, Justin?«

Dieser zuckte zusammen, als er sich mit seinem Vornamen angeredet hörte. Alle hatten sich ihm zugewandt, aber er blieb stumm.

»Das ist also die Situation, in der wir uns befinden, oder in der sich vielmehr unser Gastgeber befindet. Anonyme Briefe werden geschrieben. Der Staatsanwalt und die Gendarmerie haben Briefe erhalten. Vielleicht wird eine Untersuchung stattfinden. Was haben Sie Ihrem Klienten gesagt, Cadavre?«

»Ich bin kein Anwalt.«

»Welch edle Bescheidenheit! Ich bin zwar auch kein Anwalt, aber wenn Sie meine Meinung hören wollen: Naud wird in wenigen Tagen das Verlangen haben, mit seiner Familie zu verreisen. Er ist reich genug, um sein Geschäft zu verkaufen und sich anderswohin, vielleicht außerhalb Frankreichs, zurückzuziehen.«

Naud seufzte tief auf bei dem Gedanken, sich von allem trennen zu müssen, was bis jetzt sein Leben gewesen war.

»Bleibt unser Freund Alban. Was gedenken Sie zu tun, Herr Groult-Cotelle?«

»Sie brauchen nicht darauf zu antworten«, fiel Cadavre ein, als Alban schon den Mund öffnete. »Ich darf hinzufügen, daß wir nicht verpflichtet sind, dieses Verhör über uns ergehen zu lassen, das übrigens gar keines ist. Wenn Sie den Kommissar kennen würden wie ich, würden Sie wissen, daß er uns in diesem Augenblick eine Komödie vorspielt. Ich weiß nicht, Herr Naud, ob Sie gestanden haben oder mit welchen Mitteln Ihnen ein Geständnis entlockt worden ist. Aber ich bin dessen sicher, daß mein ehemaliger Kollege ein Ziel verfolgt, das ich noch nicht kenne, vor dem ich Sie, was es auch sei, jedoch warnen möchte.«

»Sehr gut gesprochen, Justin.«

»Ich brauche Ihre Zustimmung nicht.«

»Ich gebe Sie Ihnen trotzdem.«

Und plötzlich wechselte Maigret den Ton. Was er seit einer Viertelstunde erwartet hatte, was ihn zu dieser ganzen Komödie gezwungen hatte, trat endlich ein. Nicht ohne Grund war er ständig auf und ab gegangen, von der Tür zum Flur zu der Tür, die in das Eßzimmer führte.

Nicht einmal aus Hunger war er vorhin in die Küche gegangen, um sich Brot und ein Stück Huhn zu holen. Er mußte wissen, ob es noch eine andere Treppe gab als jene, auf der man in den Flur kam.

Es gab eine, eine Hintertreppe neben der Küche.

Als er mit Groult-Cotelle telefonierte, hatte er sehr laut gesprochen, als wüßte er nicht, daß zwei Frauen im Hause waren, die angeblich schliefen.

Jetzt stand jemand hinter der halb geöffneten Tür des Eßzimmers.

»Sie haben recht, Cadavre, denn obwohl Sie ein ziemlich kümmerlicher Mensch sind, sind Sie kein Dummkopf. Ich verfolge ein Ziel, und dieses Ziel, ich gestehe es unumwunden, ist folgendes: zu beweisen, daß Naud nicht der wahre Schuldige ist.«

Das Verblüffendste war, daß Etienne an sich halten mußte, um nicht laut aufzuschreien. Alban war kreidebleich geworden, und auf seiner Stirn zeigten sich kleine rote Flecken, wie sie Maigret noch nie bei ihm gesehen hatte – als hätte er plötzlich Nesselfieber.

Das erinnerte den Kommissar an einen fast berühmten Mörder, der nach achtundvierzigstündigem Verhör, in dem er sich zäh verteidigte, plötzlich wie ein verängstigtes Kind in die Hose machte.

Maigret und Lucas, die das Verhör führten, hatten geschnuppert, sich angesehen und in diesem Augenblick gewußt, daß das Spiel gewonnen war.

Alban Groult-Cotelles ›Nesselfieber‹ war von der gleichen Art, und der Kommissar konnte nur mühsam ein Lächeln unterdrücken.

»Sagen Sie, Herr Groult, möchten Sie uns nicht lieber die Wahrheit sagen, oder ziehen Sie es vor, daß ich sie sage? Denken Sie in aller Ruhe nach. Ich ermächtige Sie gern, sich mit Ihrem Anwalt zu beraten. Ich meine, mit Justin Cavre. Ziehen Sie sich, wenn Sie wollen, in eine Ecke zurück, um sich abzusprechen.«

»Ich habe nichts zu sagen.«

»Dann muß ich es also Herrn Naud sagen, warum Albert Retailleau getötet worden ist. Denn so seltsam es erscheinen mag, obwohl Naud weiß, wie der junge Mann getötet worden ist, weiß er ganz und gar nicht, warum er getötet worden ist. Was sagen Sie dazu, Alban?«

»Sie lügen!«

»Wie können Sie behaupten, daß ich lüge, da ich ja noch gar nichts gesagt habe? Nun, ich werde die Frage anders stellen, und das wird auf das gleiche hinauslaufen: Wollen Sie uns verraten, warum Sie an einem genau festgelegten Tag plötzlich das Bedürfnis verspürten, sich nach La-Roche-sûr-Yon zu begeben und die Rechnung des dortigen Hotels sorgfältig aufzuheben?«

Etienne Naud blickte Maigret beunruhigt an, fest davon überzeugt, daß er sich in etwas hineinritt. Noch vorhin hatte der Kommissar ihm imponiert, aber er verlor mehr und mehr von seinem Nimbus. Seine Erbitterung gegen Groult-Cotelle war völlig sinnlos, wurde abscheulich. So daß Naud schließlich als anständiger Mann, der es nicht ertragen kann, einen Unschuldigen bezichtigt zu sehen, als Gastgeber, der es nicht zuläßt, daß einer seiner Gäste in die Enge getrieben wird, sagte:

»Ich versichere Ihnen, Herr Kommissar, daß Sie auf dem Holzweg sind.«

»Es tut mir leid, Herr Naud, daß ich Sie enttäuschen muß. Es tut mir um so mehr leid, weil das, was Sie jetzt hören werden, äußerst unangenehm sein wird. Nicht wahr, Groult?«

Dieser war aufgesprungen. Einen Augenblick sah es so aus, als würde dieser sich auf seinen Quäler stürzen. Nur mühsam beherrschte er sich. Er ballte die Hände und zitterte am ganzen Leibe. Schließlich machte er Miene, zur Tür zu gehen.

Da hielt ihn Maigret mit einer im natürlichsten Ton gestellten kleinen Frage fest: »Gehen Sie hinauf?«

Wer hätte beim Anblick des schweren, unbeirrt auf sein Ziel zugehenden Maigret ahnen können, daß ihm ebenso heiß war wie seinem Opfer? Das Hemd klebte ihm am Rücken. Er spitzte die Ohren und, um die Wahrheit zu sagen, er hatte Angst.

Vor einigen Minuten war er sicher gewesen, daß Geneviève hinter der Tür stand. An sie hatte er gedacht, als er mit Groult-Cotelle telefonierte und im Flur sehr laut sprach.

Wenn ich recht habe, wird sie herunterkommen.

Und sie war heruntergekommen. Jedenfalls hatte er ein leises Knistern hinter der Tür des Eßzimmers gehört, und der Türflügel hatte sich bewegt.

Auch wegen Geneviève hatte er in dieser Art mit Groult-Cotelle gesprochen. Jetzt fragte er sich, ob sie noch da war, denn er hörte nicht das geringste Geräusch. Vielleicht war sie ohnmächtig geworden, aber dann hätte er sie fallen gehört.

Es reizte ihn, hinter diese halb geöffnete Tür zu blicken. Er suchte nach einem Vorwand.

»Gehen Sie hinauf?« hatte er Alban gefragt.

Und dieser, der sich nicht mehr beherrschen konnte,

machte kehrt und stellte sich wenige Zentimeter vor seinen Feind.

»Was brüten Sie wieder aus? Sprechen Sie! Was sind das für neue Verleumdungen? Es ist kein Wort von dem wahr, was Sie sagen werden, hören Sie?«

»Sehen Sie mal Ihren Anwalt an.«

Cadavre machte tatsächlich ein jämmerliches Gesicht, denn er wußte, daß Maigret auf der richtigen Fährte war und daß sein Klient in der Falle saß.

»Ich brauche niemanden, der mich berät. Ich weiß nicht, was man Ihnen erzählt hat oder wer das getan hat. Ich möchte Ihnen jedoch von vornherein sagen, daß es falsch ist, und wenn manche Leute ...«

»Sie sind abscheulich, Groult.«

»Wie?«

»Ich sage, Sie sind ein abscheulicher Mensch. Ich sage und wiederhole es, daß Sie der wahre Urheber des Todes von Albert Retailleau sind und daß, wenn es wirklich Gerechtigkeit gäbe, lebenslängliche Haft für Sie zu wenig wäre. Ich würde Sie gern, obwohl das in den seltensten Fällen mein Wunsch ist, zur Guillotine begleiten.«

»Meine Herren, Sie sind meine Zeugen ...«

»Sie haben nicht nur Retailleau umgebracht, sondern auch noch andere ...«

»Ich? Ich? Sind Sie wahnsinnig, Herr Kommissar? Er ist wahnsinnig! Ich schwöre es Ihnen, er ist wahnsinnig und gehört in eine Anstalt! Wo sind denn die anderen, die ich umgebracht habe? Zeigen Sie sie mir bitte! Los, wir warten, Mr. Sherlock Holmes!«

»Hier ist schon einer«, erwiderte Maigret ruhig und zeigte auf Etienne Naud.

»Mir scheint, das ist, wie man sagt, ein Toter, dem sehr wohl ist. Wenn alle meine Opfer ...«

Er setzte eine so arrogante Miene auf, daß Maigret die Hand hob und Alban auf die blasse Wange schlug.

Vielleicht hätten sie sich geprügelt und auf dem Teppich gewälzt, wenn nicht oben eine entsetzte Stimme erklungen wäre: »Etienne! Etienne! Herr Kommissar! Schnell! Geneviève . . .«

Es war Frau Naud, die rief und noch einige Stufen weiter herunterkam, erstaunt darüber, daß man sie nicht gehört hatte, denn sie rief schon seit einer Weile.

»Gehen Sie schnell hinauf«, sagte Maigret zu Naud. »Zu Ihrer Tochter . . .«

Und dann blickte er Cadavre fest in die Augen und sagte in einem Ton, der keine Widerrede duldete: »Und du sorgst dafür, daß er nicht wegrennt, hörst du?«

Er stieg hinter Etienne Naud die Treppe hinauf und betrat mit ihm zugleich das Zimmer des jungen Mädchens.

»Sehen Sie doch!« stöhnte Frau Naud verzweifelt.

Geneviève lag ganz angezogen quer auf ihrem Bett. Ihre Augen waren halb geöffnet, aber ihr Blick war der einer Schlafwandlerin. Auf dem Teppich lag ein Röhrchen Veronal, das beim Herunterfallen zerbrochen war.

»Helfen Sie mir, Frau Naud.«

Das Veronal begann gerade zu wirken, und das junge Mädchen war noch halb bei Bewußtsein. Sie wich entsetzt zurück, als der Kommissar auf sie zukam, sie packte und ihr gewaltsam den Mund öffnete.

»Holen Sie mir Wasser, viel Wasser, warmes, wenn möglich . . .«

»Geh hinunter, Etienne! In dem Kessel auf dem Herd . . .«

Der arme Etienne stolperte die Hintertreppe hinunter.

»Befürchten Sie nichts, Frau Naud. Wir sind noch zur rechten Zeit gekommen. Es ist meine Schuld, denn so hatte ich mir die Reaktion nicht vorgestellt. Geben Sie mir ein Taschentuch, ein Handtuch, irgend etwas . . .«

Knapp zehn Minuten später hatte das junge Mädchen alles ausgebrochen und saß gehorsam und erschöpft auf dem Bettrand, trank das Wasser, das der Kommissar ihr reichte, worauf sie sich von neuem übergeben mußte.

»Sie können den Arzt rufen. Er wird nichts weiter tun können, aber als Vorsichtsmaßnahme ...«

Geneviève ließ sich ins Bett legen und begann zu weinen, aber nur leise.

»Passen Sie gut auf, Frau Naud. Ich glaube, es ist besser, daß sie sich ausruht, bis der Arzt kommt. Meiner Meinung nach – und ich schwöre Ihnen, daß ich leider recht viele Fälle dieser Art erlebt habe – ist die Gefahr vorüber.«

Man hörte die Stimme Nauds, der telefonierte: »Sofort, ja. Meine Tochter ... Ich werde Ihnen alles erklären ... Nein ... Kommen Sie, wie Sie sind, im Morgenrock, das ist ganz gleich ...«

Und als Maigret an ihm vorüberkam, nahm er den Brief, den Naud in der Hand hielt.

Er hatte ihn auf dem Nachttisch des jungen Mädchens gesehen, aber nicht die Zeit gehabt, ihn an sich zu nehmen.

Naud hängte ein und forderte den Brief zurück.

»Er ist für mich und ihre Mutter bestimmt ...«

»Ich gebe ihn Ihnen nachher zurück. Gehen Sie wieder zu ihr hinauf.«

»Aber ...«

»Sie müssen jetzt unbedingt ...«

Er ging wieder in den Salon, dessen Tür er sorgfältig schloß. Er hielt den Brief in der Hand und zögerte, ihn zu öffnen.

»Nun, Groult?«

»Sie sind nicht berechtigt, mich zu verhaften.«

»Ich weiß ...«

»Ich habe nichts Ungesetzliches getan.«

Dieses ungeheuerliche Wort hätte ihm fast eine neue Ohrfeige eingetragen, aber um sie ihm zu versetzen, hätte Maigret durch den ganzen Salon gehen müssen, und dazu fehlte ihm die Lust. Er spielte mit dem Brief, er zögerte immer noch, den lila Umschlag aufzureißen. Aber dann tat er es schließlich.

»Ist dieser Brief an Sie gerichtet?« fragte Groult wütend.

»Weder an mich noch an Sie. Geneviève hat ihn geschrieben, ehe sie sich das Leben nehmen wollte. Soll ich ihn ihren Eltern geben?«

Liebe Mama, lieber Papa,
ich liebe Euch sehr. Ich bitte Euch, es zu glauben. Aber ich muß für immer fortgehen. Ich kann nicht anders. Sucht nicht nach dem Grund, und vor allem ladet Alban nicht mehr ein, der . . .

»Sagen Sie, Cadavre, hat er Ihnen, als wir oben waren, alles gestanden?«

Maigret war davon überzeugt, daß Groult in seiner Verstörtheit sich alles von der Seele geredet hatte, weil er jemanden brauchte, an den er sich klammern konnte, einen Menschen, der ihn verteidigte, einen Menschen, dessen Beruf das war und der dafür bezahlt werden mußte.

Da Cadavre nickte, fügte Maigret hinzu: »Was sagen Sie dazu?«

Und Groult, der noch feiger war, sagte: »Sie hat angefangen . . .«

»Sie hat Ihnen zweifellos die kleinen schmutzigen Bücher zu lesen gegeben.«

»Ich habe ihr nie welche gegeben.«

»Haben Sie ihr nicht gewisse Stiche gezeigt, die ich in Ihrer Bibliothek bemerkt habe?«

»Sie hat sie gefunden, als ich ihr den Rücken zugedreht hatte.«

»Und Sie haben sicherlich das Bedürfnis gehabt, ihr diese Bilder zu erklären.«

»Ich bin nicht der erste Mann meines Alters, der ein

junges Mädchen als Geliebte hat. Ich habe sie nicht dazu gezwungen. Sie war sehr verliebt . . .«

Maigret lachte verächtlich und musterte Groult von Kopf bis Fuß.

»War es auch ihr Einfall, Retailleau zu rufen?«

»Wenn sie sich noch einen anderen Liebhaber genommen hat, geht mich das nichts an. Ich finde es unverschämt von Ihnen, mir das vorzuwerfen! Vorhin vor meinem Freund Naud . . .«

»Vor wem?«

»Vor Naud, wenn Sie das lieber hören, habe ich nicht gewagt, Ihnen entgegenzutreten, und Sie hatten darum ein leichtes Spiel . . .«

Ein Auto hielt vor dem Haus. Maigret öffnete die Tür und sagte, als wäre er der Hausherr: »Gehen Sie schnell zu Geneviève hinauf.«

Dann kehrte er, immer noch den Brief in der Hand, in den Salon zurück.

»Als sie Ihnen gesagt hat, daß sie schwanger ist, hat Sie ein panischer Schrecken gepackt, Groult. Sie sind ein Feigling. Sie sind immer ein Feigling gewesen. Sie haben solche Angst vor dem Leben, daß Sie nicht aus sich selbst zu leben wagen und sich an das Leben anderer klammern.

Irgendein Dummkopf sollte sich mit ihr abgeben, damit man ihm die Vaterschaft des Kindes zuschieben konnte.

Das ist so praktisch! Man lockt einen jungen Mann an, der glaubt, er sei ihre große Liebe. Eines schönen Tages teilt man ihm dann mit, daß seine Umarmungen nicht ohne Folgen geblieben sind. Er braucht sich nur bei dem Papa einzufinden, sich auf die Knie zu werfen, um Verzeihung zu bitten und sich bereit zu erklären, den Fehltritt gutzumachen. Und Sie wären weiter der Liebhaber geblieben, wie? Lump!«

Eine Bemerkung von Louis hatte ihn auf die Fährte gebracht.

»Albert war wütend. Er hat nacheinander mehrere Schnäpse getrunken, bevor er zu dem Rendezvous ging.«

Und die Haltung des jungen Mannes Genevièves Vater gegenüber? Er war frech gewesen. Er hatte in den ordinärsten Worten von Geneviève gesprochen.

»Wie hat er es erfahren?«

»Ich weiß es nicht.«

»Ist es Ihnen lieber, wenn ich hinaufgehe und das junge Mädchen frage?«

Groult zuckte mit den Schultern. Was änderte das schon!

Man konnte ihm nichts anhaben.

»Retailleau ging jeden Morgen zu der Zeit, als die Briefe sortiert wurden, aufs Postamt, um die Post für seine Firma abzuholen. Er ging hinter den Schalter und half manchmal beim Sortieren. Da hat er auf einem Brief, der an mich adressiert war, Genevièves Schrift erkannt, denn seit ein paar Tagen war es ihr nicht gelungen, mich allein zu sprechen.«

»Ich verstehe.«

»Wenn das nicht passiert wäre, hätte alles geklappt. Und wenn Sie sich nicht eingemischt hätten ...«

Kein Wunder, daß Albert an jenem Abend wütend war, als er mit dem Brief in der Tasche das junge Mädchen, das ein falsches Spiel mit ihm gespielt hatte, zum letztenmal aufsuchte. Er mußte glauben, daß alle unter einer Decke steckten, auch die Eltern.

Man hatte ihm eine Komödie vorgespielt. Man spielte sie ihm noch vor. Der Vater tat so, als hätte er ihn ertappt und wollte ihn zur Heirat zwingen.

»Wieso wußten Sie, daß er den Brief abgefangen hatte?«

»Ich war etwas später auf der Post. Das Postfräulein hat zu mir gesagt: ›Ach, da war doch wohl auch ein Brief für Sie dabei ...‹ Sie hat ihn vergeblich gesucht. Ich habe Geneviève angerufen. Ich habe das Postfräulein gefragt, wer auf der Post ist, wenn man die Briefe sortiert, und da wußte ich, daß ...«

»Sie haben geahnt, daß das schlecht ausgehen würde, und da haben Sie plötzlich den Wunsch gehabt, Ihren Freund, den Kabinettchef des Präfekten in La Roche, zu sehen ...«

»Das geht nur mich an.«

»Was sagen Sie dazu, Justin?«

Aber Cadavre antwortete nicht. Man hörte schwere Schritte auf der Treppe. Die Tür öffnete sich. Etienne Naud erschien mit düsterer Miene, die Augen voller Fragen, auf die er vergeblich eine Antwort zu finden suchte. In diesem Augenblick ließ Maigret den Brief, den er in der Hand hatte, so ungeschickt fallen, daß er auf die brennenden Scheite fiel und sofort in Flammen aufging.

»Was machen Sie da?«

»Verzeihen Sie ... Es hat nichts zu bedeuten, weil Ihre Tochter gerettet ist und Ihnen selber sagen kann, was in ihrem Brief stand.«

Ließ sich Naud hinters Licht führen? War er nicht vielleicht wie jene Kranken, die ahnen, daß man sie belügt, die nur halb, ja überhaupt nicht den optimistischen Worten des Arztes glauben, aber um diese Worte betteln, weil sie um jeden Preis beruhigt werden wollen?

»Es geht ihr besser, nicht wahr?«

»Sie schläft. Dank Ihrer schnellen Hilfe scheint die Gefahr vorüber zu sein. Ich danke Ihnen aus tiefstem Herzen, Herr Kommissar!«

Naud blickte auf die Armagnacflasche und war nahe daran, sich einen Schnaps einzugießen, aber eine Art von Scham hielt ihn zurück. So mußte Maigret das Glas füllen und es ihm reichen. Und er goß sich auch selbst einen Armagnac ein.

»Auf das Wohl Ihrer Tochter und das Ende all dieser Mißverständnisse ...«

Naud sah ihn mit großen, erstaunten Augen an, denn das Wort Mißverständnisse war das letzte, das zu hören er erwartet hätte.

»Wir haben uns unterhalten, während Sie oben waren. Ich glaube, Ihr Freund Groult hat Ihnen eine sehr wichtige Enthüllung zu machen. Stellen Sie sich vor, er ist im Begriff, ohne jemandem etwas davon gesagt zu haben, sich scheiden zu lassen. Ja – er hat andere Pläne. Das alles wird Ihnen vielleicht keine große Freude bereiten ... Eine gekittete Vase bleibt eine beschädigte Vase, aber es ist trotzdem eine Vase, nicht wahr? Ach, mir fallen vor Müdigkeit die Augen zu. Hat mir nicht vorhin jemand gesagt, daß am frühen Morgen ein Zug nach Paris geht?«

»Um sechs Uhr elf«, sagte Cadavre. »Ich glaube übrigens, daß ich den nehmen werde.«

»Nun, dann werden wir zusammen reisen. Aber jetzt werde ich mich erst einmal zwei bis drei Stunden schlafen legen.«

Er konnte nicht umhin, vor Alban stehenzubleiben und zu murmeln: »Schwein.«

Es herrschte immer noch starker Nebel. Maigret hatte es abgelehnt, sich zum Bahnhof bringen zu lassen. Etienne Naud hatte sich seinem Willen gebeugt.

»Ich weiß nicht, wie ich Ihnen danken soll, Herr Kommissar. Ich habe mich Ihnen gegenüber nicht so benommen, wie ich mich hätte benehmen müssen ...«

»Sie haben mich sehr gut empfangen, und ich habe bei Ihnen ausgezeichnet gegessen.«

»Sie werden doch meinem Schwager sagen ...«

»Aber ja. Darf ich Ihnen jedoch einen Rat geben? Es handelt sich um Ihre Tochter ... Quälen Sie sie nicht zu sehr.«

Ein klägliches Lächeln des Vaters verriet Maigret, daß

Naud es vielleicht besser verstanden hatte, als man vermuten konnte.

»Sie sind ein guter Mensch, Herr Kommissar. Ein sehr, sehr guter ... Meine Dankbarkeit ...«

»Ihre Dankbarkeit wird, wie einer meiner Freunde sagte, erst mit Ihrem letzten Seufzer erlöschen. Leben Sie wohl. Schreiben Sie mir hin und wieder eine Postkarte.«

Er ließ das Licht des Hauses hinter sich, das gleich darauf im Dunkeln versank. Aus zwei oder drei Schornsteinen im Ort stieg Rauch auf und vermischte sich mit dem Nebel. Die Molkerei arbeitete auf vollen Touren und ähnelte aus der Ferne einer Fabrik, während der alte Désiré auf seinem mit Milchkannen beladenen Boot den Kanal entlangfuhr.

Sicherlich schlief Frau Retailleau, auch das kleine Postfräulein und Josaphat und –

Bis zum letzten Augenblick hatte Maigret Angst, Louis zu begegnen, der eine so große Hoffnung in ihn gesetzt hatte und der, wenn er von seiner Abfahrt erfuhr, bestimmt voller Bitterkeit sagen würde: *»Er war auch einer von ihnen!«* Oder aber: *»Sie haben ihn eingewickelt!«*

Wenn sie ihn eingewickelt hatten – jedenfalls nicht mit Geld oder mit schönen Worten.

Während er am Ende des Bahnsteigs neben seinem Koffer, den er nicht aus den Augen ließ, auf den Zug wartete, sagte Maigret vor sich hin: »Weißt du, mein Lieber, auch ich gehöre zu denen, die wie du möchten, daß alles schön und sauber in der Welt sei. Auch ich leide und entrüste mich, wenn ...«

In diesem Augenblick erschien Cadavre auf dem Bahnsteig und blieb fünfzig Meter von dem Kommissar entfernt stehen.

»Dieser Mann zum Beispiel ... Er ist ein Lump. Er ist zu jeder niederträchtigen Tat fähig. Ich weiß, was ich sage. Und dennoch habe ich ein wenig Mitleid mit ihm. Ich kenne ihn. Ich weiß, wie wenig er taugt und wie sehr er leidet.

Was hätte es genützt, wenn Etienne Naud bestraft worden wäre? Und wäre er überhaupt verurteilt worden? Es gibt keine Beweise gegen ihn. Die Affäre hätte viel Schmutz aufgewirbelt. Geneviève hätte im Zeugenstand erscheinen müssen. Und was Alban betrifft, man hätte ihm nicht nur nichts anhaben können, sondern er wäre im Grunde sehr froh gewesen, alle Verantwortung los zu sein.«

Louis war nicht da, und das war besser so, denn trotz allem war Maigret nicht stolz. Seine Abreise in der Morgendämmerung wirkte wie eine Flucht.

»Du wirst es später verstehen. Sie sind stark, wie du sagst. Sie halten zusammen . . .«

Justin Cavre, der Maigret bemerkt hatte, war nähergekommen, wagte aber nicht, ihn anzusprechen.

»Hören Sie, Cadavre, ich führe hier ein Selbstgespräch wie ein alter . . .«

»Haben Sie mir etwas Neues zu berichten?«

»Was? Dem jungen Mädchen geht es gut. Der Vater und die Mutter . . . Ich mag Sie nicht, Cadavre. Ich bedaure Sie, aber ich mag Sie nicht. Man kann nichts dafür. Es gibt Tiere, die einem sympatisch sind und andere, die es nicht sind. Ich will Ihnen dennoch etwas anvertrauen: Es gibt eine Redensart, die mir die scheußlichste im ganzen Vokabular der Menschheit zu sein scheint, eine, die mich jedesmal zusammenzucken und mit den Zähnen knirschen läßt, wenn ich sie höre. Wissen Sie, welche?«

»Nein.«

»Alles regelt sich.«

Der Zug fuhr ein, und in dem lauten Lärm, den er verursachte, rief Maigret: »Nun, Sie werden es erleben, alles wird sich regeln.«

Und tatsächlich, zwei Jahre später erfuhr er durch einen Zufall, daß Alban Groult-Cotelle in Argentinien, wo ihr Vater ein erfolgreicher Viehzüchter geworden war, Geneviève Naud geheiratet hatte.

Simenon Kriminalromane

Eine Auswahl der beliebten Kommissar-Maigret-Kriminalromane als Heyne-Taschenbücher.

k 59
Maigret im Luxushotel

k 61
Maigret und der faule Dieb

k 63
Maigret und der Spion

k 64
Maigrets erste Untersuchung

k 65
Maigret
und der Weihnachtsmann

k 67
Maigret und der Verrückte

k 69
Maigret und die braven Leute

k 71
Maigret
und sein Sonnabend-Besucher

k 73
Maigrets Memoiren

k 77
Maigret ist wütend

k 79
Maigret bei den Flamen

k 81
Maigret und der Clochard

k 89
Maigret und der Mann von Welt

k 90
Maigret und Inspektor Lognon

k 91
Maigret unter den Anarchisten

k 98
Maigret verteidigt sich

k 101
Maigret
verliert eine Verehrerin

k 108
Maigret
und der Fall Nahour

k 110
Maigret in Kur

k 112
Maigret
und sein Jugendfreund

k 114
Maigret zögert

k 115
Maigret und der Mörder

k 122
Maigret und die Spinnerin

k 126
Maigret und der Pole

Preis je Band DM 3,80

Wilhelm Heyne Verlag München